MY HERO A

A C A D E M I A

OCHACO

M Y H E R O

※키리모치(切り餅): 네모지게 자른 딱딱한 떡.

MOMO TSUYU

ACADEMIA

MY HERO ACADEMIA
나의 히어로 아카데미아
유에이 백서

I

1-A : 수업참관

Kohei Horikoshi   Anri Yoshi

유에이 고교 학생&교직원 명단

히어로과 : 1학년 A반

이이다 텐야

생일 : 8월 22일
개성 : 엔진

토도로키 쇼토

생일 : 1월 11일
개성 : 반랭반열

바쿠고 카츠키

생일 : 4월 20일
개성 : 폭파

미도리야 이즈쿠

생일 : 7월 15일
개성 : 원 포 올

야오요로즈 모모

생일 : 9월 23일
개성 : 창조

우라라카 오챠코

생일 : 12월 27일
개성 : 제로 그래비티

미네타 미노루

생일 : 10월 8일
개성 : 뚝뚝

토코야미 후미카게

생일 : 10월 30일
개성 : 다크 섀도

오지로 마시라오

생일 : 5월 28일
개성 : 꼬리

아시도 미나

생일 : 7월 30일
개성 : 산(酸)

아오야마 유가

생일 : 5월 30일
개성 : 네빌 레이저

아스이 츠유

생일 : 2월 12일
개성 : 개구리

사토 리키도

생일 : 6월 19일
개성 : 슈가 도프

코다 코지

생일 : 2월 1일
개성 : 생물 조종

키리시마 에이지로

생일 : 10월 16일
개성 : 경화(硬化)

카미나리 덴키

생일 : 6월 29일
개성 : 대전(帶電)

CHARACTER

하가쿠레 토오루

생일 : 6월 16일
개성 : 투명화

세로 한타

생일 : 7월 28일
개성 : 테이프

지로 쿄카

생일 : 8월 1일
개성 : 이어폰 잭

쇼지 메조

생일 : 2월 15일
개성 : 복제팔

히어로과 : 교직원

시멘터스

생일 : 3월 22일
개성 : 시멘트

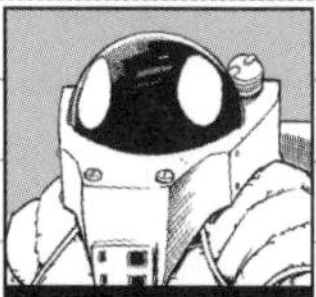

13 호

생일 : 2월 3일
개성 : 블랙홀

아이자와 쇼타

생일 : 11월 8일
개성 : 말소

올마이트

생일 : 6월 10일
개성 : 원 포 올

네즈

생일 : 1월 1일
개성 : 하이 스펙

프레젠트 마이크

생일 : 7월 7일
개성 : 보이스

엑토플라즘

생일 : 3월 23일
개성 : 분신

미드나이트

생일 : 3월 9일
개성 : 수면향

STORY 스토리

'개성'이라 불리는 특이체질을 가진 초인들. 어떤 이는 평화를 위해, 또 어떤 이는 범죄를 저지르기 위해 각자 자신의 '개성'을 이용하는 초인사회가 되었다. 그 가운데, '무개성' 소년 미도리야 이즈쿠는 히어로 양성학교 '유에이 고교'에 입학해, 프로 히어로를 향해 가는 계단을 뛰어올라가고 있었다! 이 소설은 본편에선 밝혀지지 않은 '유에이 고교'의 어떤 '일상'을 그린 이야기다.

MY HERO ACADEMIA

나의 히어로 아카데미아

유에이 백서

I

1-A: 수업참관

CONTENTS

Part. 1
프롤로그

그것은 순간적인 일이었다.

검은 망토에 마스크 차림인 빌런이 던진 작은 불씨가 구멍에 떨어졌다고 생각한 다음 순간, 마치 지옥문이 열린 것처럼 기세 좋게 화염이 치솟았다.

뜨겁다.

육박하는 열풍에 1-A 학생들은 자신도 모르게 뒷걸음질 쳤다. 그래도 눈동자만은 화염의 중심을 필사적으로 응시하면서, 철창 안에서 화염과 함께 터져 나온 비명소리에 학생들은 어찌할 바를 몰라 그저 우두커니 서있었다.

철창 안에 사로잡혀 있는 것은 학생들의 보호자.

히어로를 꿈꾸는, 평소에는 굳건한 눈동자가 지금은 아지랑이처럼 불안하게 흔들렸다.

화염이 바람에 휩쓸려 그 기세를 더해갔다.

"이즈쿠!!"

"엄마!!"

엄마가 철창 안에서 도움을 요청하듯 손을 뻗자, 이즈쿠는 자기도 모르게 손을 뻗으며 함께 소리쳤다. 닿지 않는 손가락을 가로막는 것은 수십 미터에 걸친 화염과 튼튼한 쇠창살, 그리고 빌런.

—어쩌다가 이런 일이 벌어진 거지?

그것은 2주일 전부터 시작되었다.

Part.2
학교에서 온 알림장

직장 체험을 마치고, 각자 곧 돌아올 기말고사 대비에 들어간 봄과 여름 사이의 온화하고 쾌청한 어느 날.

"다음, 미도리야."

황폐한 거리 안에서 유독 느긋한 목소리가 울려 퍼졌다.

1-A 담임인 아이자와가 아무렇게나 막 기른 머리카락 사이로 들여다보이는 무기력한 눈으로, 지상에서 학생들이 있는 빌딩 3층을 바라보았다. 빌딩은 지금 당장이라도 무너질 것 같은 모양새였다.

"네!"

복슬복슬한 머리에 주근깨가 애교를 보태주고 있는 수수한 이목구비의 학생, 미도리야 이즈쿠는 아이자와에게 호명당한 후 약간 긴장한 표정으로 그렇게 대답했다.

"데쿠, 파이팅!"

뒤에서 순서를 기다리는 여자들 가운데서, 우라라카 오챠코가 얼굴을 빼꼼이 내밀며 쾌활하게 말을 건넸다.

그 화사한 미소에 이즈쿠는 자신도 모르게 뺨을 발그레 붉히면서 "응!"이라 대답하고, 3층에서 지상으로 연결되어있는 튜브 속으로 들어갔다.

미끄러져 내려오는 무게에 튜브가 휘었다. 대피에 사용하는 수직식 구조 튜브. 미끄럼틀과 같은 요령으로, 건물의 높은 곳에 있는 사람을 지상으로 대피시키기 위해 사용하는 기구다.

이곳은 유에이 고교. 그리고 지금은 히어로과 1-A 학생들이 히어로 기초학 수업을 하는 중이다.

유에이 고교는 광대한 부지 안에 몇 개의 시설이 있다. 수만 명이나 수용할 수 있는 스타디움과 온갖 사고나 재해를 상정한 USJ(가짜 재해 사고 룸)도 그중 하나다. USJ에서 빌런 연합에게 공격당했던 일도 새록새록 떠오른다. 황폐한 이 시가지도 그 시설 중 하나다.

인류에게 '개성'이 나타난 것은 아직 먼 듯하면서도 가까운 과거.

당초에는 한 명, 한 명에게 깃든 특수 능력을 보고 초현실적 현상이다, 기적이다 하고 난리를 쳤었다. 하지만 그런 인간이 전 세계 총 인구의 80%를 넘은 현재는 '개성'으로서 일상적인 일이 되었다. 반면, 특수 능력을 이용해 악행을 저지르는 패거리도 적지 않았다.

폭발적으로 증가하는 범죄. 혼란에 빠진 사람들. 붕괴되어가는 사회 질서.

그런데 그때, 자신의 '개성'으로 악행을 저지르는 자들로부터 사람들을 지키는 정의로운 이들이 나타났다.

히어로. 약자를 구하고 강자를 굴복시키는 정의의 사도. 일찍이 누구나 꿈꾸고 동경하던 직업이 현실로 나타난 것이다.

시민권을 손에 넣은 히어로는 여론에 떠밀려 공적 직무로 규정되었다. 활약에 따라 나라로부터 수입을 얻고, 사람들로부터 명성을 얻는다.

하지만 아무나 히어로가 될 수 있는 것은 아니다. 히어로가 히어로로서 활약하려면 자격증이 필요하다. 원칙적으로 공공장소에서 '개성'을 사용하는 것은 질서를 지키기 위해 금지되어있기 때문이다.

국가로부터 인정받고 자격증을 취득해야 비로소 '개성'을 쓸 수 있는 히어로가 될 수 있다. 그러려면 히어로과가 있는 학교에서 기초를 배우고 자격증을 취득해야만 한다.

그리고 당연히 그 관문은 비좁다. 유에이 고교는 그중에서도 최고의 난관이다.

이즈쿠는 지금 이 시대에선 보기 드문 '무개성'이었다. 히어로가 되려면 '개성'은 절대적으로 없어선 안 되는 것. 그 '개성'이 발현되는 것은 대략 4살까지. 불과 4살의 나이에 이즈쿠는 사회의 현실을 뼈저리게 깨달았다.

넘버1 히어로 올마이트와 같은 히어로가 되길 바라는 이즈쿠의 꿈은 아득히 저 멀리, 끝도 없이 멀어졌다.

그러나 이즈쿠는 포기하지 않았다. 아무리 무리라고 비웃음 당해도, 멸시당해도, 그 꿈만은.

그리고 그런 이즈쿠의 바람이 통한 것인지, 동경하는 올마이트를 만나 그 자질을 인정받고 죽을힘을 다해 트레이닝에 힘써, 역대 히어로들에게 은밀히 계승되어 내려온 올마이트의 '개성', "원 포 올"을 양도받았다.

처음에는 좀처럼 힘을 제어할 수 없어 노상 부상만 당했지만, 수업과 올마이트의 스승인 그랜 토리노의 지도 등을 거치며 조금씩 컨트롤할 수 있게 되었다.

"영차."

약간 붕 뜨는 느낌을 받은 후, 이즈쿠는 구조 튜브에서 나와 무사히 착지했다.

"오케이, 남자는 모두 끝났지? 다음은 여자들. 야오요로즈."
"네."
부반장인 야오요로즈가 그렇게 대답하고 내려왔다.
"휴우."
무사히 착지한 야오요로즈를 기다리고 있던, 키 작고 뽈록뽈록한 머리를 한 미네타 미노루가 무슨 이유인지 성대한 한숨을 내쉬었다.
"왜 그래? 미네타."
이즈쿠가 물어보자 미네타는 또 다시 한숨을 내쉬었다.
"미도리야, 여자들이 미끄럼틀을 탈 땐 당연히 치마가 뒤집어져야지! 그런데 왜 하필 체육복이냐고…. 알고는 있었지만! 재미도, 섹시함도 없고, 세상에 자비가 없네!!"
"꿋꿋하구나, 미네타."
야오요로즈 다음으로 내려온, 개구리 얼굴을 한 아스이 츠유가 태클을 날렸다.
"그래, 미네타. 번번이 치마가 뒤집어지면 수업이 되겠냐? 활동성을 중시한 체육복을 입고 대피 훈련을 받는 게 합리적… 아니, 가만? 이게 현실에서 하는 대피라고 가정하면, 치마를 입은 여성이 많겠구나. 오호라, 보다 현실감을 키우기 위해 치마를 입어야 된다는 거구나?!"

"아니, 아마 그건 아닐걸?"

진지함이 옷을 입고 걸어 다니는 것 같은 이이다 텐야가 헉하며 납득하자, 이즈쿠는 난감한 듯 웃으며 말했다. 입시날 처음 만났을 때는 무서운 사람인 줄 알았는데, 지금은 사이좋은 친구다.

"히죽거리지 마, 빌어먹을 데쿠."

그런 이즈쿠에게 언짢은 목소리가 날아왔다.

"캇짱…."

약간 떨어져서 날카로운 눈빛으로 쏘아보고 있는 것은 이즈쿠의 소꿉친구 바쿠고 카츠키였다.

언짢은 태도도, 이즈쿠에게 폭언을 내뱉는 것도 일상다반사. 그래도 중학교 때와 비교하면, 무턱대고 주위 사람을 들이받는 빈도가 줄어들었다. 어디까지나 캇짱 개인을 고려할 때의 비율이긴 하지만.

"솔직히 대피 훈련 따윈 더럽게 재미없어."

"무슨 소리야? 무릇 히어로라면 언제 어느 순간이든 인명 구조가 최우선인데! 그 인명을 구하는 구조 기구를 공부하는 건 매우 중요한 일이라고. 유익한 수업이잖아!"

"알 게 뭐야? 사람에겐 적성이랑 그렇지 않은 게 있어. 내가 빌런을 날려버리고 있을 때 다른 놈들이 하면 되잖아."

"뭐? 너 정말로 히어로 지망생 맞아?!"

남들 두 배로 정의감이 강한 이이다와, 남들 두 배 정도론 부족할 만큼 자존심 센 바쿠고가 서로 어우러질 리 만무하다. 바쿠고에게 바짝 다가서려는 이이다를 이즈쿠는 황급히 말렸다.

"이이다, 진정해!"

"뭐, 사람마다 적성이 있는 건 사실이지."

근처에 있던, 번듯한 얼굴에 화상 자국이 나있는 학생이 서늘하게 중얼거렸다. 토도로키 쇼토다.

"토도로키?"

"바쿠고가 인명구조 하는 모습은 상상도 할 수 없으니까."

"…뭐가 어째? 이 자식이!"

"아—, 왠지 알 것 같아! 오히려 다치게 할 것 같고 말이지!"

크게 동의하는 카미나리 덴키에게 바쿠고는 "네놈을 먼저 다치게 해주랴?!"라며 손바닥 위에서 폭발을 일으켰다. 손바닥에서 니트로 같은 땀을 내서 폭발시키는 바쿠고의 '개성'이다.

구조 튜브에서 내려온 여자들이 그 소동을 보고 어리둥절해하는 것에 반해, 남자들은 우르르 몰려와서는 말리러 끼어들거나 황당해 했다. 거의 수습이 안 될 지경에 이르자 조용한 목소리가 울려 퍼졌다.

"…너희들, 지금 무슨 시간인지 알고나 있는 거냐?"

땅바닥을 기는 듯한 아이자와의 목소리에 1-A 학생들은 순식간에 자세를 바로 잡고 동작을 멈추었다. 합리성을 모토로 살고 있는 아이자와의 무서움은 지난 몇 달 사이에 뼈저리게 겪었다.

무기력해 보이는 아이자와의 눈이 살짝 커지고 희미하게 붉은 빛을 띠고 있었다. 아이자와는 그가 쳐다본 사람의 '개성'을 다음번에 눈을 깜빡일 때까지 없앨 수 있는 '개성'을 가졌다. 말소 히어로 이레이저 헤드. 그것이 아이자와의 히어로명이다. 그러나 일에 지장이 온다는 이유로 미디어 노출을 싫어하기 때문에 그 지명도는 낮다.

얌전해진 학생들의 태도에 아이자와는 여느 때처럼 무기력한 눈빛으로 돌아와 입을 열었다.

"아까 보니 적성에 맞네, 안 맞네, 그러던데 현장에선 그딴 변명이 통하지 않아. 해야 될 일을 당연히 할 수 있어야 비로소 프로 히어로인 거다."

아이자와는 학생들을 빙 둘러보며 말했다.

"구조대나 경찰들이 제때 오지 못할 경우, 대피를 유도하는 것도 임무다."

"유도할 바에는 차라리 구출하는 게 더 빠르지 않나요?"

그렇게 말하는 하가쿠레 토오루의 체육복 한쪽 소매가 쑥 올라가 있었다. 아무래도 손을 들고 있는 모양이다. 하가쿠레의 '개성'은 투명해지는 것이라, 일견 체육복이 허공에 떠있는 것으로밖에 보이지 않는다.

"유도해야 될 정도로 사람이 많은 경우를 말씀하시는 거죠?"

야오요로즈가 그렇게 말하자 아이자와는 작게 고개를 끄덕였다.

"그렇다. 한두 명 정도면 구출도 그리 어렵지 않겠지. 하지만 사람이 많은 경우에는 구조 기구가 큰 도움이 된다. 막상 그 순간이 닥쳤는데 사용법을 모른다면 말이 안 되잖아? 그래서 구조 기구를 한 번 쭉 훑어보는 커리큘럼이 있는 거다. 알겠냐? 바쿠고."

"…네에."

지명당한 바쿠고가 나지막이 중얼거렸다. 자기 딴에는 최대로 양보한 모습일 것이다.

그런 바쿠고 옆에서 이즈쿠가 헉하고 뭔가 깨달은 듯 혼자 중얼거리기 시작했다.

"그래, 많은 사람을 대피시키는 데에 구조 기구와 '개성'을 조합시키는 건 어떨까…? 가령 우라라카의 무언가를 공중에 띄우는 '개성'이라든가, 세로의 테이프라든가…. 미네타의 달라붙는 공도 유용하겠네. 프로 히어로라면… 우효옷, 무한한 베리에이션이 있겠구나…!"

히어로가 되고 싶은 나머지 히어로를 속속들이 연구한 이즈쿠는 어엿한 히어로 오타쿠, 그리고 연구 오타쿠였다. 생각에 빠져 빠른 어조로 혼자서 중얼거리는 모습에 처음에는 다들 화들짝 놀랐지만, 지금은 따스한 눈으로 받아들여주고 있다(바쿠고만 빼고).

"그럼 다음은…."

이때, 아이자와의 목소리를 가로막듯이 하늘에서 타타타타, 하는 소리가 울려 퍼졌다. 깜짝 놀란 학생들이 올려다본 하늘에서 헬리콥터가 내려왔다.

그리고 그 헬기에서 하늘을 뒤덮을 듯한 거구가 파앗, 하고 뛰어내렸다.

"하늘에서… 내가 왔다—!!"

"올마이트?!"

쿵, 하고 대지를 울리며 착지한 것은 근골이 우람하고 머슬이 폭발하는 위풍당당한 풍모의 넘버1 히어로 올마이트였다. 두 갈래로 갈라져 하늘로 뿅 솟은 앞머리를 헬기에서 날아드는 바람에 약간 나부끼면서, 하얀 치아를 드러내고 활짝 웃는다.

"여어, 늦어서 미안하다, 제군! 잠깐 나간 김에 빌런 좀 잡아오느라!"

"그러게 말입니다. 본래는 당신이 담당한 시간이잖아요."

기가 막힌 듯 중얼거리는 아이자와와는 정반대로 이즈쿠는 눈을 반짝였다.

"이미 인터넷 뉴스로 떴던데! 점심시간에 체크했어요! 은행 강도를 체포하셨다면서요?!"

"어라? 또 다른 농성 사건 쪽은 아직 뉴스로 안 나왔나 보구나?"

"크…, 역시 올마이트!"

이즈쿠는 동경해 마지않는 히어로의 위업에 못내 흥분을 억누를 수 없었다.

수많은 히어로들 중에서도 올마이트는 특별하다. 그 압도적인 힘으로 존재 자체가 범죄를 억지하고 있기 때문이다.

명실공히 '평화의 상징'이다.

그 힘을 양도한 올마이트와 양도받은 이즈쿠는 스승과 제자라는 관계지만, 그것은 몇 명을 제외하고는 비밀로 되어있다. 그리고 올마이트의 본모습이 핼쑥하니 뼈와 가죽만 남았다는 것도, 변신해서 히어로로서 활동할 수 있는 시간이 점점 짧아지고 있다는 사실도 세간에는 공표되지 않은 비밀이다.

"미도리야 소년, 고맙지만 칭찬으로 이미 배가 부르단다. 헬기를 언제까지고 기다리게 할 순 없지."

"헬기? 올마이트를 데려온 것뿐 아닌가요…?"

"긴급 사태도 아닌데 내 등장에만 사용할 리 없잖아? 자, 지금부터 헬기를 이용한 구조 훈련이다! 아 유 레디?!"

"역시 히어로과…."

너무 감탄하다 못해 황당한 듯 중얼거리는 이즈쿠.

히어로가 되기 위한 모든 것을 배우는 곳, 그것이 유에이 고교의 히어로과다.

헬기를 이용한 설산과 물가에서의 구조 훈련을 마친 학생들은 교실로 돌아왔다.

"난 바다에 빠지면 여자한테 인공호흡 받을 거야…. 숨통이 끊어질 것만 같은 찐한 수위로…!"

"그 전에 이미 숨이 끊어져 있지 않을까?"

미네타와 카미나리의 대화에, 가까운 자리에 앉아있는 토코야미 후미카게가 "저 번뇌 덩어리…"라고 중얼거렸다. 얼굴이 새인 토코야마의 '개성'은 "다크 섀도". 신축이 자유로운, 그림자 같은 생물을 그 몸에 담고 있다.

그때, 아이자와가 교실로 들어왔다. 그 즉시 다들 자리로 돌아가 등을 쭉 폈다.
"자, 수고했다. 좀 갑작스럽지만 다다음 주에 수업참관을 실시한다."
아이자와의 말에 "수업참관—?!" 하고 목소리가 터져 나왔다.
"히어로과에도 그런 게 있구나."
그렇게 말한 것은 뾰족뾰족한 머리를 한 키리시마 에이지로였다. 몸의 일부가 경화하는 '개성'을 지닌, 남성미 넘치는 학생이다.
학생들이 웅성거리고 있는 동안, 아이자와가 수업참관 프린트를 뒤로 돌리라고 말하며 앞자리에 나눠주기 시작했다.
"프린트는 반드시 보호자에게 전달할 것. 그리고 수업 내용은 보호자에게 보내는 감사 편지다. 각자 써오도록 해."
그 발표에 교실은 일순 조용해졌다가 푸핫, 하고 웃음소리가 울려 퍼졌다.
"설마—, 무슨 초등학생도 아니고!"
카미나리가 명랑한 태도로 모두의 의사를 대변했지만, 아이자와가 단칼에 잘랐다.
"내가 농담하는 것 같으냐?"
아이자와의 조용한 위협에 순식간에 쥐죽은 듯 조용해진 교실.

"항상 신세 지고 있는 보호자에 대한 감사 편지를 낭독할 거다."

아무래도 진심인 것 같다고 깨달은 학생들은 곤혹감을 감추지 못했다.

"정말요—?! 농담이죠?!"

"그건 좀 창피한데…."

술렁이는 가운데, 이이다가 벌떡 일어나서 소리쳤다. 습관인 것인지, 팔을 붕붕 돌리고 있다.

"조용히 해, 다들! 조용히! 조용히—!!"

"이이다, 네 목소리가 제일 크거든?"

이이다의 앞자리에 앉은 츠유의 지적에, 이이다는 "윽, 그건 실례"라고 말하며 뒷말을 이었다.

"하지만 선생님, 애들이 동요하는 것도 당연한 겁니다. 수업참관이라면 평소에 받고 있는 수업을 보호자들에게 보여주는 것. 뜬금없이 감사 편지 낭독이라니, 납득이 안 가네요! 좀 더 히어로과다운 수업을 보여주는 게 본래의 목적에 맞는 것 아닙니까?!"

이이다가 거친 콧김을 내뿜으며 말하자, 아이자와가 대답했다.

"히어로과이기 때문이다."

"그게 무슨…."

아이자와가 학급을 빙 둘러보더니 설명하기 시작했다.

"너희가 지향하고 있는 히어로는 구해준 사람들로부터 감사를 받는 경우가 많다. 그렇기 때문에 누군가에게 감사하는 마음을 다시금 생각해보라는 뜻이다. 뭐, 프로가 될 수 있을지 어떨지는 아직 모르는 일이지만."

"…오호라! 히어로로서의 마음가짐을 재확인한다, 그리고 무릇 히어로라면 항상 감사하는 마음을 잊지 말고 겸허해져라, 라는 걸 생각하는 수업이었군요! 납득했습니다!!"

"빨리도 납득하네."

이이다의 뒷자리에 앉은 오챠코가 웃음을 터트렸다. 이이다의 빠른 태도 전환에 쓴웃음을 지으면서도, 학급 전체는 포기를 승낙하는 무드가 됐다.

무슨 일이든 다 가능한 히어로과, 사사건건 동요하며 멈춰 설 순 없다.

"뭐, 그 전에 시설을 안내할 때, 가벼운 연습은 선보일 예정이지만."

"오히려 그쪽이 메인 아닌가요?!"

아이자와의 말에, 카미나리가 모두의 마음 속 목소리를 대표하며 소리쳤다.

“수업참관이라. 감사 편지는 또 어떻게 하지?”

“어떻게 하긴 뭘 어떻게 해, 쓰는 수밖에 없지.”

약간 난감한 듯 중얼거리는 이즈쿠에게 옆에서 걷던 토도로키가 그렇게 대답하자, 그 옆에 있는 이이다가 입을 열었다.

“처음엔 좀 의문이었는데, 훌륭한 제안인 것 같아. 평소 가족에게 감사하는 마음은 갖고 있어도, 이런 기회라도 없으면 새삼스럽게 말할 일이 없으니까. 그러고 보니 편지에 매수에 제한은 있나? 매수가 적으면 곤란한데. 마음을 다 적을 수 없을지도 모르잖아.”

하굣길, 교복 차림으로 나란히 걸어가는 세 사람은 옆에서 보면 어디에나 흔히 있는 고등학생이다. 이 세 사람이 세간을 전율시킨 히어로 킬러 스테인과 대치한 적이 있다는 사실은 아무도 모를 것이다.

프로 히어로도 아닌 그들이, 공공장소에서 상대방을 쓰러뜨리기 위해 ‘개성’으로 위해를 가한 사실이 밝혀지면 규칙 위반이다. 설령 그 상대가 숙청이라는 명목으로 히어로를 몇 명이

나 죽였다고 할지라도.

장래가 유망한 예비 히어로들에게 흠집이 생기지 않도록 공표하지 않기로 한 것이다.

존경하는 히어로인 형을 공격한 스테인에게 복수하려 했던 이이다. 그 이이다를 구하러 간 이즈쿠와 토도로키. 이때 함께 싸운 세 사람 사이에는 결속과 같은 강한 무언가가 남았다.

"대단하다, 이이다. 그렇게 많이 쓸 수 있다니…. 난 어떻게 써야 될지 아무것도 떠오르질 않는데. 히어로들 홈페이지에 메시지는 자주 보내봤지만, 편지는 거의 써본 적이 없어서."

"그래? 난 가끔 답례 편지를 보내는데."

"답례 편지?!"

"가끔 길에서 도와드린 할머니 등이 답례품을 보내주실 때가 있거든. 그때는 꼭 고맙다는 편지를 보내드리라고 부모님이 가르쳐 주셔서."

대수롭지 않게 말하는 이이다에게 이즈쿠는 "역시 뼈대 있는 집안…!"이라며 감탄할 따름이었다.

"그런가? 평범한 일 아닌가?"

이즈쿠의 반응에 약간 쑥스러워진 이이다가 토도로키에게 동의를 구했다. 하지만 "아니, 난 그래본 적이 없어서"라고 단칼에 잘라내, 이이다는 "그래…?"라며 약간 풀이 죽었다.

"하, 하지만 좋은 일이야! 이런 때도 도움이 되고!"

"…그렇지?! 게다가 역시 편지에는 마음을 담을 수 있잖아. 아참참, 얼마 전에도…."

이즈쿠의 말에 이이다가 마음을 추스른 다음 순간, "앗!!" 하고 양손을 하늘로 치켜들었다.

"왜, 왜 그래?! 이이다!!"

"내 정신 좀 봐, 까맣게 잊고 있었어! 이거!"

그렇게 말하며 가방에서 봉투를 꺼내들었다.

"뭔데?"

"네이티브 씨가 우리한테 놀이공원 티켓을 주셨거든."

"그게 누군데?"

"스테인과 싸웠을 때, 그 자리에 있던 히어로잖아! 그런데 왜?"

"답례래."

봉투에서 꺼낸 놀이공원 티켓은 넉 장이었다.

"왜 넉 장이지?"

"놀이공원의 놀이기구는 2인승이 많으니까, 배려해주신 것 아닐까?"

대답하는 이즈쿠에게 "그렇구나"라며 고개를 끄덕이는 토도로키.

"모처럼 베풀어주신 호의인데, 누군가 한 사람 더 불러서 가지 않을래?"

그렇게 말한 이이다에게 "좋지!"라며 솔깃해하는 이즈쿠. "뭐, 그러든가"라며 토도로키도 그다지 싫지 않은 눈치였다.

"그런데 기한이 다음 주까지야. 둘 다 다음 주 일요일에 시간 있어?"

"응…. 아! 미안, 난 무리다!"

"뭔가 볼일이라도 있어?"

이이다의 질문에 이즈쿠의 큰 눈망울이 반짝하고 빛났다.

"문화 홀에서 히어로 회고전이 열리거든! 여명기의 히어로를 총망라한, 결코 놓칠 수 없는 이벤트야! 여명기의 히어로에 대한 자료는 좀처럼 볼 수 있는 기회가 없어서! 게다가 입장객에겐 특전으로 여명기 히어로의 상세한 프로필이 딸린 포토 북을 나눠주는데…!!"

못내 흥분을 억누르지 못하는 이즈쿠에게 이이다는 입을 떡 벌렸다.

"와아, 미도리야는 정말로 히어로를 좋아하는구나…!"

"미안!!"

"일요일은 나도 무리야. 어머니 문병 가야 돼서. 미안하다."

사과하는 이즈쿠와 토도로키에게 이이다는 좀 유감스러운 듯

"그래?"라고 말하더니, 바로 여느 때처럼 빠릿빠릿한 표정으로 말했다.

"안타깝지만 어쩔 수 없지. 티켓을 낭비하는 것도 좀 그러니까, 누군가 따로 불러서 가야겠다."

"언젠가 셋이서 가자. …앗, 아니, 갈 수 있으면 좋겠…다고."

갑자기 마음이 약해진 이즈쿠에게 "왜?"라며 토도로키와 이이다가 의아해 했다.

"너희 둘은 별로 그렇지도 않은데, 나만 가고 싶어 안달이 난 것 같아서…."

창피한 듯 그렇게 대답하는 이즈쿠의 모습에 토도로키와 이이다는 서로 얼굴을 마주보았다.

"미도리야, 넌 그렇게 엄청난 힘을 갖고 있으면서도 평소엔 애가 숙맥이더라?!"

황당한 듯 그렇게 말하는 이이다에게 "그러게"라며 토도로키도 동의했다.

기막혀하는 두 사람에게 이즈쿠는 쓴웃음을 짓는 수밖에 없었다.

"…아, 그러고 보니 이이다네 집에선 수업참관, 누가 와?"

이즈쿠가 화제를 바꾸려고 그렇게 물어보자, 이이다는 곧바로 그 질문에 진지하게 대답했다.

“엄마. 아빤 일하셔야 될 테니까. 미도리야네 집은 어떤 분이 오셔?”

“우리 집도 엄마일걸? 토도로키네 집은….”

“우리 집은… 아무도 안 올지도.”

대수롭지 않게 대답하는 토도로키를 보고 이즈쿠는 한 박자 늦게 “앗” 하며 파랗게 질렸다.

토도로키네 집안의 복잡한 가정사를 뻔히 알면서도 얼결에 그만 물어보고 만 것을 후회했다.

넘버1 히어로가 올마이트라면, 넘버2는 연소계 히어로 엔데버다.

바로 토도로키의 부친이다.

상승 지향 욕구가 강한 엔데버는 도저히 추월할 수 없는 올마이트를 뛰어넘을 만한, 자신의 유전자를 가진 자식을 만들고자 했다. 이를 위해 오로지 본인의 ‘개성’을 보다 강화시켜 물려줄 배우자를 골라, 결혼을 강요하는 개성혼(個性婚)으로 아이를 만들었다.

토도로키는 부친의 열 ‘개성’과 모친의 얼음 ‘개성’의 뛰어난 자질을 형제들 중 가장 강하게 물려받아, 어릴 때부터 올마이트를 뛰어넘는 히어로가 되기 위해 아버지에게 혹독하게 단련받았고, 어머니는 아직 어린 토도로키를 감싸주려다 아버지에게 학대당했다.

그러다 정신적으로 궁지에 내몰린 어머니는 토도로키의 얼굴에 뜨거운 물을 붓고 말았다. 토도로키의 얼굴에 남아있는 흉터는 그때 생긴 것이다.

어머니는 병원에 들어갔고, 그 이후 토도로키는 부친인 엔데버를 미워하게 되었다.

"저기, 미안해…."

"그렇구나, 어머님은 입원 중이셨지? 미안."

진지하게 사과하는 두 사람에게 토도로키는 평소처럼 무뚝뚝하게 대답했다.

"딱히 신경 쓰지 않아. 사과 받을 만한 일도 아니고."

"하지만 자식의 멋진 모습을 볼 수 없어서 무척 서운하실 거야."

이이다가 응응, 하고 고개를 끄덕였다.

"……."

이이다의 말에 토도로키는 슬며시 바지 주머니에 손을 집어넣었다. 속에 들어있는 프린트가 부스럭하고 소리를 냈다.

"별로…. 게다가 그 인간이 보러 오면 소름 끼칠 거야."

"그 인간? 엔데버 씨 말이야? 아버님을 그 인간이라고 부르다니, 그럼 못 써. 최소한 아빠라고 불러보는 건 어때?"

"그런 빌어먹을 부친 따윈, 그 인간 정도로 충분해."
"그냥 아빠라고 부르는 게 싫으면 '파파'는 어때?"
"…파…?"
"혹은 '대디'라든가?"
"…대…?"
엔데버를 그렇게 부르고 있는 자신을 상상한 것인지, 표정이 점점 험악해지는 토도로키를 보고 이즈쿠는 황급히 끼어들었다.
"그, 그런데! 가만 보면 부모님을 별명으로 부르거나, 이름으로 부르는 집들도 있는 것 같으니까—."
"하지만 그건 마치 친구 사이 같아서, 존경하는 마음이 약해지지 않을까?"
"그 인간을 별명으로…? …말도 안 돼."
"호칭은 자유잖아!"라며 어떻게든 수습해보려던 이즈쿠의 마음은 허무하게 흩어졌다.
모퉁이에 다다르자 토도로키가 갑자기 멈춰 섰다.
"토도로키?"
"…볼일이 좀 생각나서."
시선이 약간 흔들리며 그렇게 말하는 토도로키에게 이즈쿠는 살짝 기이한 표정을 지었으나, 기분 탓이라고 여기며 번쩍 손을 들었다.

"그럼 여기서 헤어지자. 내일 봐."

"조심히 가!"

"응."

두 사람과 헤어진 뒤, 한참 후에 토도로키가 찾아온 곳은 노을을 받아 오렌지 빛으로 물든 하얗고 큰 건물이었다.

어머니가 입원해 있는 병원.

진찰 시간이 곧 끝나려는 것인지, 병원 로비는 치료비 계산 등을 기다리는 환자들로 혼잡했다. 토도로키는 그런 광경을 곁눈질로 바라보며 엘리베이터에 올라타, 병실이 있는 층으로 발길을 서둘렀다.

층수 표시가 상승하는 것을 바라보며, 토도로키는 자신이 약간 긴장하기 시작했다는 것을 깨달았다.

이미 몇 번이나 왔는데도.

그래도 처음과는 비할 바가 아니다. 맨 처음 여기에 온 날은 자신이 긴장하고 있다는 것도 몰랐다. 문을 열려고 하는 자신의 손이 떨리는 것을 보고 나서야, 비로소 그 사실을 깨달았을 정도다.
가벼운 소리와 함께 엘리베이터 문이 열렸다.
아래층과는 비교도 안 될 정도로 조용한 복도로 나왔다. 소독액 냄새가 희미하게 나는 것은 어느 병원이나 마찬가지라고 느끼며, 얼마 전에 입원해 있던 때를 떠올렸다.
히어로 킬러와 싸우고 부상을 입은 세 사람은 며칠간 함께 입원해 있었다.
모두가 조용히 잠든 한밤중에 문득 눈이 떠졌을 때, 그 무기질적인 적막함에 토도로키는 어머니를 떠올렸다.
어머니도 그 오랜 세월, 이런 적막 속에서 지내신 것일까?
"쇼토, 별일이구나."
간호사 스테이션 앞을 지나가는데, 이제는 낯익은 얼굴의 간호사가 말을 걸어왔다.
—별일이라고?
"…안녕하세요."
무슨 말인지 물어보려고 했지만, 간호사 호출 벨이 울려서 토도로키는 그대로 병실로 계속 걸어갔다.
주머니에 집어넣어 손에 닿은, 접힌 프린트를 유난히 크게 느끼면서.
병실 앞에 와서 가볍게 한숨을 토한 뒤, 토도로키는 문을 열었다.
"…어머니."
"쇼토?"
창가에 앉아있던 토도로키의 어머니가 뒤를 돌아보았다.
창살이 박힌 창문을 등지고 부드러운 미소를 띤 눈동자가 살짝 커졌다.
"왜 그래?"
"아…, 아니, 아무것도 아냐. 자, 앉으렴."
그렇게 말하며 어머니는 자신이 앉아있던 의자를 아들에게 내밀었다. 토도로키는 "응" 하고 그녀가 권한 의자에 엉덩이를 붙였다. 어머니는 그대로 물끄러미 토도로키를 바라보았다.
"…어머니?"
토도로키가 약간 쑥스러워져서 그 시선의 의미를 물어보자, 어머니는 헉하고 놀라며 "미안해" 하고 사과하더니 천천히 침대 가장자리에 앉았다.
"아냐, 뭘 그렇게까지…. 혹시 뭔가 이상한 데라도…."
"그게 아니라. 다만 이렇게…, 평일에 느긋하게 네 모습을 보긴 오랜만이라…. 많이 컸구나 싶어서…."
눈부신 듯 실눈을 뜨는 어머니의 태도에 토도로키는 쑥스러움이 더 커져서 눈을 내리깔았다. 그리고 아까 별일이라고 한

말의 뜻을 겨우 깨달았다. 평일에 오기는 처음이었던 것이다.
"미안해, 갑자기 찾아와서."
"무슨 소리야, 와주는 건 언제든 기쁘지."
사과하면 어머니가 그렇게 말해줄 것이라는 것은 왠지 모르게 알고 있었다. 응석 부린 듯한 기분이 들어 마음이 불편해졌지만, 내심 어딘가 기뻐하고 있는 자신도 있었다.
꼭 구해내리라고 맹세하면서도 어머니 앞에만 서면 어린 시절로 돌아가 버리는 것 같다.
"……."
토도로키는 주머니 속에 든 프린트를 손끝으로 살며시 쓰다듬었다.
갑자기 이곳에 온 이유. 어머니가 올 수 없다는 것은 뻔히 알면서도 발은 저절로 병원으로 향했다.
알려도 될까? 아니면.
입을 꾹 다문 토도로키를 배려한 것인지, 어머니는 문득 생각난 듯이 "아참" 하고 말을 걸었다.
"뭔가 마실래?"
"아, 으응."
토도로키가 그 질문에 비로소 목의 갈증을 느끼며 음료수를 사오려고 일어서자, 어머니는 약간 허둥거리며 말했다.

“이미 준비돼있지. 냉장고를 열어보렴.”

시키는 대로 침대 옆 탁상 밑에 비치되어있는 작은 냉장고를 열어보니, 녹차며 탄산이며 주스 등의 페트병이 여러 개 들어있었다. 유아용인 듯, 깜찍한 젖소 일러스트가 그려진 종이팩에 든 유산균 음료도 있었다.

“그 왜, 쇼토 네가 젖소 요구르트 좋아했잖니? 매점에서 팔길래 나도 모르게.”

순간 멍해진 토도로키. 확실히 어릴 때 마신 것 같은 기분도 들지만 기억에서 완전히 쏙 빠져나가 있었다.

싱글벙글 웃던 어머니가 그런 토도로키의 낌새를 깨닫고, 살짝 부끄러운 듯이 웃었다.

“근데 우리 쇼토도 벌써 고등학생이라…. 그래서 이것저것 사뒀는데, 혹시 좋아하는 게 거기 있니…?”

자신이 올 때를 생각해 준비해둔 거라고 생각하니 토도로키는 가슴이 뜨거워졌다.

“…이걸 마실게.”

그리고 주저 없이 젖소 요구르트를 집어 들었다. 어머니가 기쁜 듯이 “그래?”라고 말하는 소리를 들으며 마신 그것은 은은하니 달콤했고, 기억도 안 나는데 그리운 기분이 들었다.

불현듯 침묵이 찾아왔다.

토도로키는 다 마신 종이팩을 할 일 없이 무료하게 갖고 놀았다.

만나지 못한 세월이 갑자기 돌아오진 않는다. 어떻게 해야 될지 알 수 없는 침묵이 모자 사이에 흘렀다. 그러나 그것은 숨막히는 느낌이 아니라, 서로를 배려하고 거리를 재고 있는 것처럼 아주 잠시 망설이는 시간이었다.

그것을 부드러운 목소리로 어머니가 깼다. 여느 때처럼.

"…학교는 어때?"

"으응…."

순간적으로 토도로키는 휴우, 하고 안도했으나 주머니 속의 내용물이 떠오르자 그 안도감은 이내 사라져버렸다.

말한다면 기회는 지금이다. 그렇게 생각하면서도 의식하면 할수록 말이 나오지 않았다.

그 질문에 토도로키가 계속 머뭇거릴수록, 그 이유 따위는 알 길이 없는 어머니의 얼굴이 점점 걱정으로 물들어갔다. 그것을 깨달은 토도로키는 황급히 입을 열었다.

"오늘은 구조 기구에 관한 수업이 있었어. 헬리콥터에 매달려서."

"헬리콥터? 그런 것도 하는구나."

흥미로운 듯 깜짝 놀라는 어머니의 모습에 토도로키는 속으로 휴우, 하고 안도하며 계속 말했다.
"인명 구조가 히어로의 본분이니까."
"그렇지."
"게다가 빌딩에서 구조 튜브를 타고 내려오기도 하고."
"응."
"조난 신호를 보내는 방법이라든가."
"그래?"
"그리고…."
띄엄띄엄 설명하는 토도로키에게 어머니는 미소를 머금고 고개를 끄덕이고 있었다.
"학교에 올마이트가 있어. 수업도 하고."
"쇼토 넌 올마이트를 좋아했지. …하지만 아버지가 계실 땐 볼 수 없어서, 녹화해둔 걸 몰래 봤던 것 기억나?"
"으응…."
어린 시절, 그런 히어로가 되고 싶다고 동경했었다. 그런데 그것은 어느새 마음 속 깊은 곳에 가둬버렸고, 그것을 가둬두었다는 사실조차 잊고 살았다.
그것을 깨닫게 해준 것은.
토도로키는 부자연스럽게 꺾이고, 피로 물든 상처투성이 손을 떠올렸다.

그리고 살며시 입을 열었다.

"…미도리야라는 녀석이 있어."

"같은 반 친구?"

"응."

갓 입학했을 때는 딱히 의식도 하지 않았다.

그런데 평소에는 묘하게 쭈뼛거리는 태도를 보이다가도, 빌런 연합의 습격이나 수업 중에는 이따금 헉하고 놀랄 만큼 엄청난 파워와 기백을 발산한다. 올마이트가 그를 예뻐한다는 사실을 알고, 체육대회 때는 오로지 아버지의 콧대를 꺾어주겠다는 일념으로 싸움을 걸 듯 선전포고도 했다.

아버지가 미워서, 어머니가 끔찍해한 자신의 왼쪽을 쓰지 않고 이기는 것이 아버지에 대한 복수라고 생각했다. 그리고 아버지의 그늘진 표정을 보며 그것에 성공했다고 여겼다.

그런데 미도리야는 만신창이로 상한 자신의 몸도 돌보지 않고 전력을 다해 덤벼들었다.

절반의 힘으로 이기려 드는 나에게 분노하면서.

—너의! 힘이잖아!!

그렇게 외치던 미도리야의 목소리.

그 목소리가 마음 속 저 깊은 저변에까지 와 닿은 것은 그가 다름 아닌 미도리야였기 때문이다.

만신창이인데도 무시무시할 정도로 강하고, 강직하게, 무조건 전력을 다해 부딪쳐왔기 때문이다.

동경하는 히어로를 상대하는 것처럼 강직하게.

그 열정에 말로 표현할 수 없는 그리움을 느꼈다. 그 옛날, 가둬놓고 잊어버린 똑같은 열정을.

그리고 일순, 모든 것을 잊어버렸다.

그토록 끊임없이 미워했던 아버지를.

잊고 나서야 비로소 자신이 사로잡혀 있었다는 사실을 깨달았다.

"…체육대회 때 싸웠어. 그 녀석, 만신창이에다 손도 묵사발이 됐는데, 그런데도 덤벼들었어."

"응."

"…그래서 나도 전력으로,"

"…응."

"처음으로 전력을 다해 싸웠어."

"…그래?"

"…대단한 녀석이야."

그렇게 중얼거린 토도로키에게 어머니는 슬며시 미소를 지었다.

"좋은 친구가 생겼구나."

SMASH

기쁜 듯이, 눈망울이 살짝 촉촉해진 어머니를 보며 토도로키는 천천히 고개를 작게 끄덕였다.

"—응."

그리고 또 다시 침묵이 찾아왔다. 그러나 그 침묵은 토도로키에게 낯간지러울 정도로 상냥한 침묵이었다.

"엄마, 빨래…. 어라? 쇼토? 네가 웬일이니? 별일이네."

문을 열어 침묵을 깬 것은 누나 후유미였다. 모친을 닮았지만, 섬세한 인상을 주는 어머니와는 전혀 다르게 명랑한 인상이다.

"두 번째…."

"뭐가?"

"그냥, 아무것도 아냐."

"그래? 아, 엄마. 빨래 넣어둘게."

"고맙다, 항상."

"무슨 소리야."

후유미는 익숙한 태도로 가져온 빨래들을 선반에 집어넣으며 토도로키에게 말을 건넸다.

"뭔가 볼일이라도 있어?"

"…별로."

토도로키가 여전히 손에 들고 있던 종이팩을 버리려고 일어서는 바람에, 주머니에서 프린트가 뚝 떨어졌다.

"응? 이게 뭐지?"

"앗…, 잠깐."

빨래를 다 집어넣고 뒤를 돌아보던 후유미가 그것을 주워 펼쳐보았다.

"수업참관 알림장?"

"어…?"

"…멋대로 보지 마."

"그래그래. 그랬구나."

모든 것을 꿰뚫어본 듯한 후유미의 미소에, 토도로키는 이제껏 고민한 시간이 수포로 돌아가버린 기분이 들어 자신도 모르게 얼굴을 찡그렸다. 그러나 이내 들려온 어머니의 목소리에 헉하고 정신을 차렸다.

"쇼토…. 미안하구나. 엄마가 못 가서…."

미안한 듯 사과하는 어머니에게 토도로키는 당황했다.

"아니야, 일단은 알려주는 게 좋겠다고 생각한 것뿐이고…, 그러니까 딱히…."

토도로키는 후회했다. 이렇게 사과하게 만들 바에는 차라리 알리지 말 걸, 오지 말 걸 그랬다고.

"미안해…."

"쇼토…."

나지막이 사과하는 토도로키에게 슬픈 듯이 눈썹을 찌푸리는 어머니.

"저, 저기요, 두 분…."

졸지에 발단을 제공한 꼴이 된 후유미는 그 사이에서 우왕좌왕하다가, "오, 그래!"라며 무언가 떠오른 듯 얼굴이 활짝 펴졌다.

"내가 갈게, 수업참관!"

"뭐? 무슨 소리야? 학교 가야지."

후유미는 초등학교 선생님으로 일하고 있다.

"괜찮아. 가족과 관련된 용무라고 신청하면, 한나절 정도는 휴가를 낼 수 있으니까. 그럼 수업참관은 비디오로 찍어 올게!"

좋은 아이디어지? 라며 웃는 낯으로 말하는 후유미에게 토도로키는 아연실색하는 수밖에 없었다.

"무슨 초등학교 체육대회도 아니고."

"어? 안 돼? 요즘은 초등학교 수업참관, 비디오로 찍는 학부형들도 많은데."

토도로키가 고등학생과 초등학생을 똑같이 취급하지 말라고 말하려던 그때.

"어? 그럼 안 되니…?"

환하게 빛나던 어머니의 표정이 시무룩하게 어두워졌다. 아무래도 후유미의 아이디어가 기뻤던 모양이다.

"아니…."

토도로키는 속으로 웅얼웅얼거렸다. 기분 상으로는 진짜로 싫지만, 어머니를 슬프게 하는 말은 가급적 하고 싶지 않았다.

"…학교에 물어보지 않고선 모르겠어…."

토도로키가 할 수 있는 최선의 양보였다.

잠시 후 저녁식사가 들어오는 시간이 되어, 토도로키와 후유미는 병실을 뒤로 하고 나왔다.

복도를 걸어가며 후유미가 말했다.

"너희 담임이, 어—어… 아이자와 선생님이었지?"

"으응…."

"왜 그래? 갑자기 피곤한 표정을 짓고. …아, 그래도… 어쩌면 아버지가 갈 수 있을지도…?"

"그 인간한테는 절대로 말하지 마."

"어? 하지만."

"말하지 마."

완강한 남동생의 태도에 후유미는 순간, 슬픈 듯이 얼굴을 찡그렸으나 이내 평소처럼 방긋 웃었다.

"…네, 네~."

엘리베이터를 기다리는 동안, 내내 험악한 표정으로 고개를 숙이고 있는 남동생을 보며 후유미가 말을 건넸다.

"그렇게 비디오가 싫어? 네가 정 싫다면 관두고!"

누나의 말에 토도로키는 고개를 들었다.

"…싫지만, 그것 때문은 아니야."

"그럼 뭔데?"

"…역시 처음부터 못 간다는 걸 알고 있었는데, 차라리 알리지 않는 게 더 낫지 않았을까 해서."

"그쪽이었어?"

그렇게 말하더니 후유미는 방긋 웃으며 남동생의 머리를 톡, 하고 건드렸다.

"왜 이래?"

"저기 있지, 자기 자식이 자신을 위해 열심히 고민해주는 걸 기뻐하지 않을 부모는 세상에 없어. 엄마는 못 가서 미안하게 여기실지 몰라도, 네가 당신에게 알려주려고 한 사실에는 틀림없이 기뻐하셨을걸? 왜냐하면 그건 엄마한테도 네 첫 번째 수업참관 알림장이었으니까."

후유미의 말에, 그러고 보니 그렇구나, 라고 토도로키는 깨달았다.

첫 번째 수업참관 알림장. 어머니에게나, 자신에게나.

"…꼭 선생님 같네."

"선생님 맞거든?"

쑥스러움을 숨기려는 남동생의 말에 후유미는 다시 한번 머리를 톡, 하고 가볍게 두드렸다.

엘리베이터의 도착을 알리는 소리가 나고 문이 열렸다.

"쇼토? 빨리 안 타면 문 닫힌다?"

먼저 올라탄 후유미가 그렇게 말하자 토도로키도 올라탔다.

어머니가 보고 싶어 하신다면, 비디오에 찍히는 민망함 정도는 꼭 참을 수 있을 것 같다는 생각을 하면서.

Part. 3

교무실은 불타고 있나?

아이자와 쇼타는 합리성을 모토로 살고 있다.
말하자면 쓸데없는 짓을 하지 않는다.
옷이나 음식 따위에는 연연하지 않는다. 그것에 연연하는 시간을 낭비라고 여기기 때문이다. 그래서 머리카락은 아무렇게나 막 기르고, 옷도 똑같은 것, 혹은 비슷한 디자인으로만. 식사는 영양만 섭취할 수 있으면 족하기 때문에, 대체로 젤리 상태의 영양 식품으로 때운다.
아이자와가 볼 때, 기능성을 무시하고 주렁주렁 장식을 단 불편한 옷이나 방도, 산지나 브랜드를 따진 식재료를 이보다 더할 수 있을까 싶을 정도로 공들인 방식으로 조리하는 일 따위도 쓸데없는 짓으로밖에 여겨지지 않았다.
그런데도 이 세상에는 쓸데없는 게 넘쳐나고 있다.

"…여보세요, 늘 신세 지고 있는 담임 아이자와입니다. …아뇨. 후미카게한테 연락한 게 아니라, 다음 주에 있을 수업참관

건 때문에 전화를…. 네에, 실은 약간 설명해 드려야 될 일이 있어서."

방과 후의 교무실. 천하의 유에이 고교라 해도 실내의 모습은 평범한 고등학교와 별로 다르지 않다. 학년, 혹은 학과 별로 나뉘어져 있는 교직원들의 책상. 벽에 설치되어있는 선반에는 교육이나 학교와 관련된 자료들이 쫙 배열되어 있다.

다만 한 가지 다른 점은, 히어로과의 교직원이 전원 프로 히어로라는 점이다.

토코야미의 보호자에게 간결하게 어떤 사정을 설명하고 있는 아이자와의 왼쪽 옆자리에는 18금 히어로, 미트나이트가 있었다. 입고 있는지 벗고 있는지 알 수 없을 만큼 매우 얇은 타이츠와 본디지 패션으로 풍만한 사지를 치장하고, 무기인 채찍을 손질하고 있다.

여성에게 관심이 많은 남자 고등학생이라면, 그 자극적인 행색에 동요해버릴지도 모른다. 성욕의 소악마, 미네타라면 본능이 쏠리는 대로 와락 끌어안을지도 모른다.

그 맞은편에는 커다란 사각형 몸을 한 시멘터스가 있다. 내일 있을 수업을 준비하고 있는 것인지, 우주복 같은 코스튬을 입은 옆자리의 13호에게 담당 과목인 현대문학 교과서를 보여주며 의견을 묻고 있었다. 그 옆에는 일견 음침하게 보이기도 하는 시커먼 몸에, 커다랗고 하얀 치아를 드러낸 엑토플라즘이 녹차를 마시며 휴식을 취하고 있었다.

코스튬(전투복)을 입고 있는 히어로들은 그다지 교사답지 않지만, 이곳 유에이 고교 교무실에선 낯익은 풍경을 이루고 있었다.

참고로 B반 담임인 블라드 킹은 교내 순찰을, 스나이프는 사격부 지도를, 파워 로더는 서포트과 학생이 시험 삼아 만든 물품의 테스트를 보러 나갔고, 프레젠트 마이크는 화장실에 가서 자리에 없었다.

"—그렇게 됐으니 모쪼록 잘 부탁드립니다. 그럼 이만."

전화를 끊고 아이자와는 눈앞에 놓여있는 종이를 바라보았다.

학생들의 이름과 연락처가 적혀있는 그것에, 연락이 끝난 학생들부터 펜으로 이름에 체크 표시를 하고 있었다.

아이자와는 토코야미의 이름에 체크 표시를 했다.

'다음은 토도로키로군.'

그러나 토도로키의 자택은 다들 부재중인지 아무도 전화를 받지 않았다. 잠시 기다렸다가 전화를 끊고, 긴급 연락처를 쳐다보았다. 연락처는 부친인 엔데버의 휴대 전화 번호다.

프로 히어로인 엔데버는 어쩌면 일하는 중일지도 모른다. 그렇게 생각하며, 아이자와가 어떻게 하면 좋을지 고민에 잠겨 있는데 뒤에서 누군가 말을 걸어왔다.

"무슨 일인가? 아이자와."

뼈와 가죽만 남은 듯한, 엄청난 말라깽이 남자. 근골이 우람하고 머슬이 폭발하는 올마이트의 트루 폼이다. 너무 비쩍 마른 나머지, 눈 밑이 푹 꺼져 그림자를 드리우고 있다.

"아뇨…. 토도로키의 보호자와 연락이 안 돼서."

"토도로키 소년 말인가? 긴급 연락처로 연락해 봤고?"

"아직이요. 일하는 중일지도 몰라서."

올마이트가 아이자와의 앞에 놓인 종이를 빼꼼히 들여다보았다.

"엔데버로군. 그렇담, 내가 연락해 보지!"

"네?"

"체육대회 이후로는 못 봤고, 하고 싶은 말도 있어서!"

그렇게 말하며 올마이트는 "흐읍!" 하고 힘을 줘서 머슬 폼으로 변신했다. 난데없는 거구의 출현에 의자가 튕겨 날아갔다. 그것을 마치 쿠키라도 잡듯이 가볍게 잡아 원래 자리로 돌려놓고는, 자기 책상에서 전화를 걸기 시작한다.

"어디 보자, 번호는… 09…. 앗, 잘못 눌렀다! 덩치가 커지면 누르기 힘들다니까—."

"…왜 일부러 변신하신 건데요?"

"그야 목소리가 다르면 나인 줄 모를 것 아냐?! …09…, 앗."

굵은 손가락으로 또 잘못 누른 올마이트의 모습에 아이자와는 짜증이 나서 대신 번호를 눌러주었다. 눈앞에서 누군가 쓸데없는 짓을 하는 것은 정신 건강상 이롭지 않다.

그런 아이자와의 속마음 따위는 꿈에도 모르고, 올마이트는 쾌활하게 "땡큐, 아이자와! 자넨 의외로 친절하구만!!"이라고 말하면서 씨익 웃었다.

'의외로…?'

다소 찜찜한 아이자와였으나 이 틈에 합리적으로 다른 학생네 집에 전화를 걸기로 했다.

'다음은 바쿠고….'

번호를 확인하고 수화기를 집어든 아이자와의 귀에 올마이트의 목소리가 날아들었다.

"…앗, 엔데버?! 나야, 올마이트!"

'둘이 친구야?'

가벼운 태도의 올마이트를 보며, 아이자와는 속으로 중얼거렸다.

"아이고~, 잘 지냈어?! 그 왜, 지난 번 체육대회 때는 얘기를 조금밖에 못 나눈 것 같아서! 이번에야말로 차라도…. 뭐? 메시지를 남기라니, 그게 무슨…. 부재중 메시지였구나—!!"
'…보통은 처음에 알아차려야 정상 아닌가?'
올마이트의 맹한 행각을 보고, 아이자와는 자신도 모르게 번호를 잘못 눌렀다.
"아—, 음성 메시지는 긴장되는데…. 어흐흠."
정색하듯 헛기침을 하더니 올마이트가 말하기 시작했다. 메시지를 남길 요량인가 보다.
"아, 엔데버? 나야! 누구인지 알겠어?"
'뭐야, 그 쓸데없는 퀴즈는?'
굳이 들으려고 하지 않아도 들려오는 목소리에 아이자와는 내심 신경질이 났다.
"정답은 나, 올마이트였습니다!! 아이고~, 체육대회 때 이후로 처음이지! 다음번에 이런저런 얘기 좀 나누자고! 차세대를 키우는 노하우라든가 이것저것 두루두루. 아참참, 커피가 맛있고 고풍스러운 다방을 발견했어! 자네 커피 좋아했잖아? 그 왜, 10년 전에 우리가 대담할 때, 되게 따지던데! 환상의 콩이라고 했던가? 솔직히 난 캔 커피든 뭐든 아무래도 상관없지만! …앗, 끝나버렸네."
"…올마이트 씨, 대체 무슨 메시지를 남기시는 겁니까."
"어? 뭐긴… 아, 미안미안!! 수업참관이었지?! 다시 한번…."

"이제 됐습니다. 그냥 엔데버 기획사에 FAX 보낼 거니까."
다시 한번 전화하는 것도 낭비. 분명 메시지를 남기는 것도 낭비.
차라리 처음부터 이렇게 했어야 했다고 생각하면서, 아이자와는 수업참관 프린트를 엔데버 기획사에 FAX로 보냈다.
"미안해, 아이자와…. 푸헉!"
트루 폼으로 돌아와 여느 때처럼 피를 토하는 올마이트.
"와우!! 문을 열었더니 2초 만에 각혈!!"
화장실에서 돌아온 프레젠트 마이크가 흥분해서 소리쳤다. 선글라스에 콧수염, 머리카락을 하늘 높이 치켜 올린 헤어스타일은 아이자와가 볼 때 낭비의 극치였다.
"괜찮으세요? 간을 먹어줘야죠, 간을! 아. 올마이트 씨, 교장 선생님이 부르시던데요. 교장실로 오라고."
"어? 무슨 일이지…? 혹시 아까 하던 교육론을 마저 얘기하려고?"
길어지겠네—라며 썩 내키지 않는 태도로 나가는 올마이트에게 "파이팅—" 하고 미드나이트가 뜨뜻미지근한 성원을 보냈다. 아무리 히어로라 해도 공무원. 상사의 호출에는 응하지 않을 수도 없는 노릇이다.
"어? FAX? FAX는 이러니저러니 해도 결국 없어지질 않네!"

아이자와를 알아보고 다가오는 프레젠트 마이크. 두 사람은 피차 끈질긴 인연으로, 유에이 고교 동기생이다. 참고로 같은 반이었다.

프레젠트 마이크가 FAX로 보낸 프린트를 들여다보았다.

"아~, 부모에게 보내는 콜 & 리스폰스구나? 하여간 담임을 맡으면 고생이라니까~."

"그러게."

아이자와는 그렇게 대답했으나, 실제로는 그렇게 고생스럽다고 여기지 않았다. 연락을 하는 작업은 필요한 일이기 때문이다. 그러나 그 부분을 일부러 설명하는 것은 귀찮기 때문에, 합리적으로 천연덕스럽게 생략한 것이다.

대화가 생략된 줄도 모르고, 프레젠트 마이크는 문득 생각난 듯이 아이자와에게 말했다.

"아참참, 예의 그건 어떻게 됐어?"

"그거?"

"많은 사람들을 인질로 잡는 그거 말이야! 그거!"

"아아, 그건…."

아이자와의 말을 기다리지 않고, 마이크는 득의양양하게 가슴을 활짝 폈다.

"나, 완전 핫한 아이디어 생각났잖아—! 이보세요, 누가 좀

클레버한 나 좀 말려주세요, 뭐 그런 거랄까? 헤이, 티처스! 나의 핫 & 쿨한, 예의 그것에 대한 아이디어를 듣고 싶지 않나요—?! 세이 예에—?!"

그리고 히어로과 교직원들을 향해 응답을 요구했다. 그러나 그가 요구한 '예에—' 대신, "그래그래, 뭔데—?"라는 귀찮은 듯한 미드나이트의 목소리만 돌아왔다.

"좀 더 분위기를 띄워보세—! 아레나—!"

"예에—."

미드나이트가 의욕도 없이 한 손을 가볍게 들어올렸다.

"2층석—!!"

"…아, 혹시 여기인가요?"

알아차린 시멘터스가 대답했다.

"난 정적을 소망한다."

"에이, 그러지 말고, 좀 들어보시죠."

조용히 녹차를 내려놓는 엑토플라즘을 13호가 살살 달랬지만, 마이크는 아랑곳하지 않고 계속했다.

"우선! 많은 사람들을 인질로 잡으려면, 많은 사람들을 한꺼번에 구속해야만 하잖아? 이럴 때 도움이 되는 게 바로 나의 보이스라는 사실!!"

"그러니까 그건…."

어이없어 하는 아이자와의 작은 목소리는 프레젠트 마이크의 목소리에 묵살되었다.

프레젠트 마이크의 '개성'은 "보이스". 저음부터 고음까지 폭넓은 음색을 어마어마한 음량으로 키워 무기로 삼는다.

"인질을 밀실에 모아두고 거기서 나의 스페셜 폭음 라이브!! 오디언스의 고막과 하트를 뻥 뚫어버리는 거지! 백퍼 실신! 내친 김에 그들을 데리러 온 고지식한 보호자 히어로들도 스위트 보이스로 하반신이 막 풀리고! 고고 헤븐! 이거야말로 난공불락의 성 아닌가?! 어때!"

"아니, 그러니까."

의견을 뽐내고 만족스러워 하는 마이크에게 아이자와는 이번에야말로 말을 걸려고 했으나, 그것은 또 다시 가로막혔다.

"뭐어—? 자기 목소리는 너무 크지. 그렇게 고래고래 소리 지르면 흥이 깨져."

나른한 듯 이의를 제기하는 미드나이트.

"허어? 크니까 좋은 거지."

"목소리는 참고 참다가, 끝내 참지 못해 자신도 모르게 훅 새어나올 정도가 딱 좋은 거야."

"미드나이트 씨, 아직 초저녁이거든요."

민망해 하는 13호의 음색. 코스튬 속의 얼굴은 새빨개져 있

SMASH

을지도 모른다.

"어휴, 꽉 막힌 소리 좀 하지 마, 13호. 내 말은, 방식이 스마트하지 못하다는 뜻이야."

"확실히 그건 일리가 있네요."

시멘터스까지 동의하자 프레젠트 마이크는 반론했다.

"어느 부분이?! 텔 미 플리즈!"

"실신하면 단시간 만에 의식이 회복되잖아요."

"그럼 계속 틀어놓으면 되지, 올나이트 라이브로 올 오케이!"

"그것뿐만이 아니라, 고막이 터지지 않을까? 그런 점에서 나의 '개성'이라면 스마트하게 인질을 구속할 수 있고, 더 나아가 구하러 온 히어로까지 잠재워버릴 수 있지."

미드나이트의 '개성'은 "수면향". 몸에서 나오는 향기로 주위에 있는 사람을 잠재워버릴 수 있다. 여성보다 남성에게 훨씬 효과적이라고 한다.

"아무도 다칠 일이 없으니, 평화적이잖아?"

그러나 그런 미드나이트의 말에 엑토플라즘이 고개를 들었다.

"평화적…? 그건 예의 그것에는 불필요한 일 아닌가? 아무리 평화적으로 해봤자, 인질을 잡는 이상 그건 범죄. 범죄에 평화적이고 뭐고가 어디 있어?"

"하지만 다치게 하면 안 돼요~!"

"어수룩하구나, 13호. 하지만 나라면 내 분신으로 인질 하나 하나를 감시할 수 있지. 예의 그것에는 내가 가장 최적이라고 보는데."

엑토플라즘의 '개성'은 분신. 입으로 '엑토플라즘'을 쏴서 임의의 위치에서 본인으로 둔갑시킬 수 있다. 한 번에 꺼낼 수 있는 인원수는 대략 30명 정도인데, 노래방에서 2, 3곡 부른 다음에는 목이 뻥 트여서 36명 정도는 꺼낼 수 있다고 한다.

"그러니까 그 건은."

아이자와가 끼어들었다, 그런데.

"어머나, 하지만 인질들 중에 강한 '개성'을 가진 사람이 있으면 돌파 당할지도 모르는데? 역시 여기선 전원 평등하게 잠재울 수 있는 내가 최강 아닐까?"

그 말에 시멘터스가 작은 눈을 반짝하고 빛냈다.

"최강이라뇨. 그 말은 긍정하기 힘드네요."

"왜? 시멘터스."

"역시 이 중에서 최강이라 볼 수 있는 건 올마이트 씨니까요."

"그러니까."

"분명 올마이트 씨라면 삽시간에 인질을 모으고, 순식간에 구속하고. 구출하러 온 히어로들도 일격 필살일걸요?"
"아차차―! 최강의 히어로는 최강의 빌런도 되겠구나!!"
그 모습을 상상하며 흥분하는 동료들에게, 이미 여러 번 끼어들었던 아이자와의 목소리는 닿지 않았다.
'귀찮아….'
아이자와는 흥분한 동료들을 우선 내버려두고 자신이 할 일을 재개하기로 결심했다. 학생들이 소란을 피우면 자기 일에 지장이 오니까 응당 중단시키겠지만, 동료들이 소란을 피우면 무시하면 그만이니까.
"…아, 여보세요. 늘 신세 지고 있습니다. 카츠키의 담임인 아이자와인데요."
그리고 학생들의 집에 전화를 거는 아이자와를 제쳐두고, 대화는 계속 이어졌다.
"올마이트가 최강인 건 납득하지만, 그러는 시멘터스라면 그 많은 사람들을 어떻게 인질로 잡을 거야? 역시 콘크리트로 인질을 빙 에워싸서?"
시멘터스의 '개성'은 "시멘트". 콘크리트를 점토처럼 자유자재로 다룰 수 있다.
시멘터스는 잠시 생각한 뒤 입을 열었다.
"…에워싸는 것만으론 약하죠. 역시 인질을 통째로 뒤덮어버려야지, 콘크리트 돔처럼. 내친 김에 뒤에 찾아온 히어로들도 밖에서 확 덮어버리죠. 이러면 인질, 히어로 모두 아무 데도 도망칠 수 없잖아요."

응응, 하고 고개를 끄덕이는 시멘터스에게 13호는 당황한 듯 말했다.

"어? 하지만 그렇게 되면 질식해버릴 텐데…."

"하는 수 없죠. 인질을 잡은 이상, 도망가지 못하게 하려면."

"동의한다."

"에엑~~? 그래도 역시 그건 너무 과한 것 같은데…."

우왕좌왕하는 13호의 어깨에 프레젠트 마이크가 팔을 둘렀다.

"헤이, 소극적인 보이!"

"보이라니…, 전 28살인데요."

"그렇다면 소극적인 어덜트! 넌 어떻게 그 많은 사람들을 인질로 삼을 건데?"

"네? 으~음, 그거야 역시 블랙홀로 빨아들여서…?"

13호의 '개성'은 "블랙홀". 빨아들인 물체를 먼지로 바꿔놓는 것이다.

"…네가 더 과한 것 아냐?"

"인질을 소멸시켜 버리면, 인질의 의미가 없잖아."

"휘익—! 무해해 보이는 외견과는 정반대로, 13호가 가장 블랙 & 블랙이구만. 안 그래?!"

"난 그런 갭, 싫지 않더라?"

"아니아니, 그런 뜻이 아니고…!"

그런 대화를 귓등으로 흘려들으며, 아이자와는 설명을 마치고 전화를 끊었다.

"—그럼 그렇게 아시고, 잘 부탁드립니다."

'다음은 하가쿠레….'

아이자와가 수화기를 집어 들려던 그때, 전화벨이 울렸다.

"네, 유에이 고교입니다."

『여보세요. 1학년 A반 토도로키 쇼토의 가족인데요, 담임인 아이자와 선생님 좀 부탁드립니다.』

수화기에서 들려오는 젊은 여성의 목소리에, 아이자와는 토도로키의 가족 관계를 머릿속으로 탐색했다.

'가족…. 토도로키네 집안은 분명….'

"네, 제가 아이자와입니다. 늘 신세 지고 있지요. 저어, 실례지만…."

『아, 죄송합니다! 전 누나예요. 저희야말로 쇼토가 늘 신세를 지고 있습니다.』

"마침 잘됐군요, 아까 댁으로 연락드린 참인데."

『그러세요? 죄송합니다, 저도 방금 막 들어온 참이거든요. 교무회의가 길어지는 바람에….』

귀에 익은 단어에 아이자와는 살짝 눈이 커졌다.

"교무회의? …아아, 분명 초등학교 선생님이시라고."

『아, 네. …왠지 기분이 이상하네요, 같은 선생님들끼리.』

가족이라고 해도, 토도로키와 달리 누나는 대화하기 편한 분위기가 느껴졌다.

'하긴, 무뚝뚝하면 초등학교 선생님 노릇은 못 하겠지.'

『저어, 그런데 무슨…. 혹시 저희 쇼토 일로 뭔가…?』

아까 아이자와가 연락했다는 말이 다시 떠올랐는지, 그렇게 물어보던 누나는 중간에 헉하고 놀라며 걱정스러운 음색으로 변했다.

"아뇨, 수업참관 때문에 드릴 말씀이 있었던 것뿐입니다."

『그렇군요.』

간결하게 대답하는 아이자와에게 누나는 안도한 듯한 목소리로 대답했다.

아이자와는 입학 당초에 보였던 토도로키의 모습을 떠올렸다. 능력은 높지만 타인과의 관계를 거부하고 있었다. 그 태도로 미루어 보면, 초등학교와 중학교에 다닐 때도 학교에서 오는 연락은 그다지 좋은 내용이 없었을지 모른다.

"수업참관에는 어떤 분이 오시나요?"

『아, 저요. 실은 그것 때문에 여쭤보고 싶은 게 있어서….』

"궁금하신 게 뭔가요?"

『수업참관 모습을 비디오로 촬영해도 괜찮을까요? 절대 방해되지 않게 할 테니까.』

'비디오? 기념인가? 꽤나 가정적이군.'

보기 드문 제안에 아이자와는 약간 고개를 갸웃거렸다.

"죄송하지만, 촬영이나 녹음 기기의 반입은 보안 관계상 금지하고 있어서요."

『그렇군요….』

누나는 순간 아쉬운 듯한 목소리를 냈으나, 아이자와가 간결하게 설명하기 시작하자 곧바로 평소와 같은 상태로 돌아왔다.

"—그렇게 됐으니, 잘 부탁드립니다."

『네, 저희야말로 잘 부탁드립니다.』

전화를 끊고 앞에 놓인 종이에 체크 표시를 하다, 아이자와는 문득 마음에 짚이는 것이 생겼다.

'혹시 기념이 아니라—.'

그런 아이자와의 귀에 프레젠트 마이크의 득의양양한 목소리가 날아들었다.

"나라면 방송국을 점령하겠어!! 전파를 타고 날아드는 나의 음파 티타임! 그리고 온 세상이 실신해 있는 동안 보석과 미녀의 하트를 빼앗아버리는 거지~! 어때? 어딘가의 3세 같지 않아?!"

"보석 도둑이라니, 무슨 만화도 아니고. 보석상의 보안 시설이 얼마나 엄격한데?"

"나의 보이스로 강화 유리도 브레이크 하트인데? 콩가루가 된다고!"

"이봐, 그딴 것보다 나의 악행에 대해 듣고 싶지 않아? 듣고 싶은 사람은 무릎 꿇고 내 신발을 핥아."

"사양하겠습니다."

요염하게 미소 짓는 미드나이트에게 시멘터스는 자신의 몸처럼 평탄한 목소리로 말했다.

"어휴, 시멘터스는 정말 고지식하다니까. 좋아, 특별히 들려줄게. 실은, 잠재워둔 동안 약점을 잡아 협박하는 거야."

"정말 비열하군."

"수수하지만 가장 리얼하고 불쾌한 느낌이네요."

끔찍한 듯 고개를 흔드는 13호.
"하지만 약점을 못 찾아내는 경우도 있잖아요?"
"그런 경우에는… 날조해야지. 잠들어있는 동안 샤샤샥, 하고."
시멘터스의 질문에 미드나이트는 기죽은 기색도 없이 윙크를 날렸다.
"정말 고식적이군."
"너무 리얼해서 무서워요."
"배드 & 섹시…. 그야말로 후지코[루팡 3세에 나오는 팜므파탈]가 따로 없군!"
듣자 하니 아이자와가 전화를 돌리고 있는 동안, 선생들의 대화는 자신의 '개성'으로 할 수 있는 악행과 자랑으로 변질된 모양이다.
'뭐 하는 짓들인지….'
일부러 태클을 거는 것도 바보스럽다. 아이자와는 얼마 남지 않은 연락을 어서 마치려고, 건조한 눈에 안약을 넣어주고 마음을 추스른 뒤 또 다시 수화기를 들었다.
그러나 그런 아이자와의 마음도 모르고 히어로들의 대화는 계속되었다.
"그런데 왜 이토록 사악한 이야기엔 흥분되는 걸까? 마치 못

된 짓을 하는 것 같아 몸속이 살짝 욱신거려.”
“인간의 업이지.”
“그럼 안 돼요, 우린 히어로니까.”
“진정해, 13호. 그냥 이야기일 뿐이야! 망상 100% 원액이라고!”
가벼운 태도로 13호의 어깨를 두드리는 프레젠트 마이크의 옆에서 시멘터스가 약간 흥미로운 듯 입을 열었다.
“생각해보면 우린 어릴 때부터 히어로를 목표로 살아왔으니까요. 나쁜 짓은 하면 안 된다고 자연스럽게 억압되어온 건지도 몰라요.”
“욕구 불만은 쾌락을 얻기 위한 최고의 스파이스지만, 너무 쌓아둬서도 안 되지. 조금은 가스를 분출하는 것도 필요해. 원한다면 내가 빼줄게. 아주 쉬워! 자존심이라는 무거운 짐을 버리고 나의 가축이 되면 돼.”
“사양하겠습니다.”
시멘터스는 평탄하게 웃으며 뒷말을 이었다.
“이렇게 나쁜 짓을 생각하는 것도 그리 나쁜 일만은 아니지 않나? 빌런의 사고를 이해하는 데도 유익할 수 있잖아요.”
“그건 일리가 있네요.”
시멘터스의 말에 고개를 끄덕이는 13호. “맞아, 맞아!”라며 프레젠트 마이크가 말하기 시작했다.
“가스 분출이라고 하니 생각났는데, 누구나 어릴 때는 ‘개성’으로 장난을 쳤었잖아—? 그거랑 똑같은 거야!”
“전 그런 적 없는데요.”
고개를 흔드는 13호.
‘정말로?’
문득 귀에 들어온 대화에 통화를 하면서 아이자와가 내심 그렇게 생각하는데, 프레젠트 마이크가 깜짝 놀란 듯이 소리쳤다.
“정말로?! 태어난 순간부터 성실했구나?! 성선설이 여기에 있었네!”
‘내가 이놈이랑 똑같은 감상을….’
“…아, 죄송합니다, 그래서 당일에는 말이죠—.”
아이자와는 얼굴을 찡그리면서도 음색은 평소대로 내며 설명을 계속했다.
“그러는 프레젠트 마이크 씨는 어떤 장난을?”
13호로부터 질문을 받고, 프레젠트 마이크는 잠시 생각한 뒤 의기양양하게 대답했다.
“쉬는 시간에 졸고 있던 친구 귓가에 대고 랩 배틀을 벌이거나!”

"느닷없이 프레젠트 마이크의 목소리로 깨어나면 심장에 해로울 것 같은데."

"그리고 그 녀석이 졸고 있을 때, 괴담을 끝도 없이 정말 현장감 넘치게 중계해주고!"

"그 친구가 불쌍해~."

"그건 나잖아."

그냥 듣고 넘길 수 없는 이야기에, 아이자와는 자기도 모르게 통화 중이던 수화기를 내려놓고 침울하게 중얼거렸다.

"어이쿠, 그랬었지? 마이 프렌드! 미안, 미안! 옛날 일은 수세식 화장실에 흘려보내고!"

"네 악행은 배설물이냐?"

기왕이면 추억도 함께 흘려보내고 싶다고 생각하면서, 아이자와는 미지근한 동정의 시선과 해맑은 동기생의 목소리를 또다시 무시하고 계속 연락을 취했다.

"…여보세요, 미도리야 씨, 죄송합니다. 얘기가 중단돼서…. 그래서 말인데요—."

그런 아이자와보다도 먼저 죄책감을 깨끗이 흘려보낸 프레젠트 마이크가 말하기 시작했다.

"그보다 미드나이트는 어떤 장난을 쳤어? 어렸을 때부터 18금?!"

“음담패설이라면 불필요.”
“무슨 소리~. 어릴 땐 그냥 귀여운 아이였어. 하지만 장난이라면, 첫사랑 상대인 남자애랑 의사놀이 정돈 했지.”
“오옷, 청진기로 여기저길 막 진찰하셨나?!”
프레젠트 마이크가 흥분한 채로 덥석 물고 늘어지자, 미드나이트는 요염하게 미소를 지었다.
“상상에 맡기겠어. 하지만 의사놀이가 점점 수위가 올라가, 외과수술 놀이로 돌변해서….”
“뭐? 어디를 외과수술 한 거야…?
남성 히어로들의 얼굴이 약간 경직되었다.
“우후후, 상상에 맡·기·겠·어. 근데 그 때문인가? 그 아이, 여자를 싫어하게 돼서 ‘저쪽 길’로 빠졌다더라….”
“도대체 어디에다 무슨 짓을 한 거야?! 무슨 짓을 한 거냐고—!”
프레젠트 마이크가 자신의 사타구니를 보호하며 소리쳤다. 아득히 먼 옛날을 떠올리듯이 미드나이트는 훗, 하고 미소를 지었다.
“자극이 너무 셌나…?”
“그렇게 흐뭇해하며 옛날을 그리워하지 마! 13호도 그렇게 생각하지?!”

"…그건 '개성' 운운할 게 아니라, 그냥 단순한 장난 아닌가요?"

"어머나, 그렇구나? 뭐, 아무렴 어때? 그보다 자기들 얘기도 좀 들려줘. 엑토플라즘도 있을 것 아냐?"

미드나이트가 물어보자 엑토플라즘은 입을 열었다.

"난 '개성'을 이용해서 장난 따위는 치지 않아…. 하지만 평생에 딱 한 번, 실수를 저질렀지…."

묵직한 분위기를 자아내는 엑토플라즘에게 히어로들은 득달같이 달려들었다.

"죄를 고백하겠다고?! 흥분되는걸—?! 필요하다면 마음의 눈으로 모자이크를 넣어줄게!"

"금욕적인 엑토플라즘의 죄라니, 상상도 안 가네요."

"아니, 죄는 죄…. 침묵을 행사한다."

"감질나게 구니까 더 불타오르잖아."

"그래요, 궁금해요!"

"……."

엑토플라즘은 침묵을 행사했다.

"이봐, 이봐. 본인이 말 꺼내놓고 이러는 법이 어디 있나—! 오디언스를 밀쳐내지 마! 홀드 온 미!"

"나는 망각을 희망한다."

동료들이 달려드는 기세에 입을 잘못 놀려버린 것을 후회하는 엑토플라즘. 그런 엑토플라즘에게 시멘터스가 말했다.

"자, 자. 그래도 고백해서 마음이 가벼워지는 경우도 있잖아요? 동료로서 그걸 도와드리고 싶어요."

시멘터스의 자애심 넘치는 작은 눈망울에 엑토플라즘의 마음이 움직였다.

"—그건 내가 초등학생 때 일."

털어놓기 시작한 엑토플라즘을 보며, 프레젠트 마이크 일당은 눈을 반짝이며 마른 침을 삼켰다.

'의외로 선뜻 털어놓기 시작하네.'

"…아, 여보세요. 미네타 씨 댁이죠? 전 미노루의 담임인 아이자와인데요…. 네, 늘 신세 지고 있습니다. 오늘은 수업참관 건 때문에 드릴 말씀이 있어서—."

아이자와는 연락하는 틈틈이 합리적으로 태클을 날리면서, 착실하게 용무를 끝마쳐가고 있었다. 아이자와가 마음속으로 태클을 걸고 있는 줄도 모르고, 엑토플라즘은 무거운 듯 보이지만 가벼운 입을 열었다.

"어느 날 아침, 내 몸은 오래도록 침구 속에 머물러 있었다. 시간은 빛의 속도로 흘러갔지…."

"응? 그게 무슨 소리야?"

고개를 갸웃거리는 프레젠트 마이크에게 시멘터스가 대답했다.

"늦잠을 잤다는 뜻인 것 같아요."

"나는 절망했다. 하지만 포기하지 않고 달려갔다, 나의 배움의 터로…. 그런데 무정한 종소리가 내 앞에서 울려 퍼졌지. 나는 나의 분신을 교실에 출현시켰다…."

"…한마디로 학교에 지각할 뻔해서 분신을 이용했다는 뜻?"

"아아, 아무리 개근상을 위해서라지만, 내가 어쩌자고 그런 죄 많은 짓을…."

엑토플라즘의 고백에 히어로들은 서로 눈을 마주보더니 김이 팍 새어버린 태도로 한숨을 내쉬었다.

"실망이야—! 괜히 기대감만 높여가지고! 심지어 개근상이라니!"

"죄라고 하길래 훨씬 심각한 걸 상상했잖아. 아수라장 같은 치정극이라든가."

"멋대로 기대한 건 제군이다. 난 사실을 말한 것뿐."

모두의 반응에 마음이 상한 것인지, 엑토플라즘은 살짝 재미없는 듯 녹차를 홀짝였다. 그런 엑토플라즘의 이야기를 듣고 문득 생각난 것처럼 13호가 말했다.

"그런 거라면 저도 있어요. 약간 부끄럽지만, 자다가 오줌 싼

이불을 블랙홀로 빨아들여 증거 인멸을…."
"엄청 유용하게 활용했잖아? 나도 그런 능력 갖고 싶었는데—!"
"아니, 근데 결국 들통 나서 혼났어요."
창피한 듯 헬멧을 긁적이는 13호를 보며 시멘터스가 입을 열었다.
"자다가 오줌이라, 훈훈하구만."
"그러는 시멘터스는 장난 같은 것 안 쳤어요?"
"나? 글쎄…. 숨바꼭질 하다가 걸릴 것 같을 때 벽을 만들어 반칙한 것 정도? —말해줄 수 있는 건."
시멘터스의 평탄한 미소에 굳어버린 히어로들.
"…말해줄 수 없는 것도 있나요…?"
"물어보면 안 돼! 가장 위험한 녀석은 가장 정상적으로 보이는 놈이라고, 우리 할아버지가 그랬다고!!"
"하지만 나는 고백하게 만들어놓고, 본인이 말하지 않는 건 비겁하다."
"나도 궁금해. 비밀로 하면 파헤치고 싶어지는 법이잖아."
무서워 벌벌 떠는 13호와 프레젠트 마이크와는 반대로, 바짝 들이대는 엑토플라즘과 미드나이트.
그런 동료들을 보며 시멘터스는 웃었다.

"그렇게 진지하게 받아들이지 마세요. 농담이니까."

"…난 또, 농담이에요~?! 어휴, 사람 좀 놀라게 하지 마세요~."

"웃을 수 없는 농담은 농담이라 부르지 않아."

"시멘터스의 농담은 심장에 해롭다니까—!"

"죄송해요, 할아버지한테 안부 전해주세요."

"앗, 뒤끝 있네."

"흘려보내, 흘려보내! 화장실에 흘려보내—!"

'저러다 막히지 않을까? 이 녀석의 화장실.'

"—그럼 그렇게 아시고. 잘 부탁드립니다."

아이자와는 전화를 끊고, 앞에 놓여있는 종이에 적힌 야오요로즈의 이름에 체크 표시를 했다. 이로써 보호자에 대한 연락은 완료다.

가벼운 피로와 달성감에 아이자와는 한숨을 내쉬었다. 그런 아이자와에게는 눈길도 주지 않고, 동료들의 이야기는 이러쿵저러쿵 계속되고 있었다.

'그나저나 저렇게 시시한 이야기를 주구장창 잘도 늘어놓는군….'

아이자와는 어이없어 하면서 그런 그들의 모습을 바라보았다.

"하지만 우리의 '개성'을 전부 합치면 꽤 강력한 빌런이 되지 않을까?! 나쁜 짓도 실컷 하고—!"
프레젠트 마이크가 소리 높여 외친 그때, 낮은 위치에서 어떤 목소리가 들려왔다.

"여어, 아주 신났구만."
"교장선생님!!"
일견 생쥐 같기도 하지만 어딘가 개 같기도 하고, 그러면서 어딘지 모르게 곰처럼 생긴 네즈 교장이 올마이트를 대동하고 어느새 다가와 있었다. 큼직한 신발에, 정장 조끼를 말쑥하게 차려입은 모습이 무척 귀엽고 키는 올마이트의 무릎 아래 정도다.
"그런데 '나쁜 짓을 실컷 한다'라는 게 무슨 얘기인지?"
그러나 사랑스러운 겉모습과 정반대로 한쪽 눈에 나있는 흉터에는 묘한 박력이 있어, 그의 예사롭지 않은 과거를 말해주고 있었다.
프레젠트 마이크 일동은 약간 당황해서 변명을 늘어놓았다.
"아, 아닙니다—! 예의 그것에 관해 얘기하다가!!"

"예의 그것 때문에 인질을 잡기에 적합한 '개성'에 대해 다양한 고찰을 하고 있었답니다."

"아아, 그것?"

고개를 끄덕이는 교장.

"교장선생님이라면 어떻게 하시겠어요?"

"나 말인가? 글쎄…."

미드나이트가 물어보자 네즈 교장은 턱을 어루만지면서 잠시 생각한 뒤 입을 열었다.

"우선 거대한 미로를 준비하겠지."

"미로요? 그건 또 왜…?"

"잘 듣게! 인질을 잡는다는 건 모종의 목적을 위한 거겠지? 가령 도망치기 위해, 원하는 물건을 손에 넣기 위해, 주목을 받기 위해…. 빌런의 숫자만큼 목적은 다양하게 존재하겠지만, 내가 만약 빌런이라면 그건 실험을 위한 걸 거야."

"실험?"

"그래, 실험! 거대 미로의 골인 지점에 인질을 놔두는 거야. 그 인질을 구하러 온 히어로는 반드시 미로를 따라가지 않으면 안 되지. 물론 제한시간 이내에 골인하지 못하면 인질을 구해낼 수 없어. 하지만 미로도 평범한 미로로는 재미가 없겠지. 전기 울타리에 함정…. 아아, 움직이는 벽 같은 게 있으면 훨씬 어려워지겠군. 게다가 어려운 문제를 풀지 않으면 열리지 않는 문을 달아둔다거나…."

네즈 교장의 '개성'은 "하이 스펙". 동물에게 인간 이상의 '개성'이 발현한, 세계적으로도 그 유례를 찾아볼 수 없는 유일무이한 존재다.

"아니면 한 번 지나간 길은 무너뜨려버리는 게 좋을지도. 두 번 다시 돌이킬 수 없는 인생처럼 말이야…. 후후후…, 하하하하…! 자, 시간 내에 골인할 수 있는 우수한 생쥐는 과연 몇 마리나 있을까…?!"

그 옛날, 인간에게 농락당한 과거를 떠올리고 있는 것인지, 교장이 원한이 담겨있는 듯한 높은 웃음소리를 내자 선생들은 식겁했다.

"으아아, 블랙 정도가 아니라 초특급 농도의 에스프레소야…!"

"선생님, 선생님. 다들 겁을 먹고 있어요."

교장에게 맞춰 몸을 수그리고 있던 올마이트가 지적하자, 교장은 "어이쿠, 내 정신 좀 보게"라며 평소 상태로 돌아왔다.

"히어로는 항상 장벽을 뛰어넘지 않으면 안 되지, 언제나 Plus Ultra야! 그 시련을 위한 미로랄까! …어라? 아이자와, 퇴근하는 건가?"

어느새 퇴근 준비를 마치고 일어서는 아이자와.

"네, 업무는 이미 다 끝나서요."

"야, 야, 왜 이래—. 아직 안 끝났잖아? 예의 그것, 어떻게 그 많은 인질을 잡을 것인지 의논하자고—. 역시 내 '개성'이 필요하지?!"

"그러니까 그거라면 내가 더 적합하다니까."

"아니, 나다."

"여러분, 이럴 땐 안전제일로 가야죠."

"아예 다 같이 협력하는 게 가장 좋지 않을는지?"

"아, 그거 나이스!"

시멘터스의 의견에 모두가 찬동하는 것을 보고 올마이트가 고개를 갸웃거렸다.

"어라? 하지만 예의 그건 이미 다 결정되지 않았나? 아이자와."

"네, 맞습니다."

대수롭지 않은 듯 그렇게 대꾸하는 아이자와의 말에, 올마이트를 제외한 히어로들은 "뭐엇?!" 하며 어안이 벙벙해졌다.

"정말로?! 뭐야! 이미 정해졌으면 미리 말할 것이지—!!"

"너희가 멋대로 흥분했잖아. 그럼 먼저 퇴근한다."

라며 교무실을 떠나는 아이자와의 귀에 실내에서 "기껏 이것저것 생각했구만—!"이라는 둥, 웅성거리는 목소리가 들려왔다. 창밖은 이미 완전히 어두워져 있었다.

좀처럼 그치지 않는 웅성거림을 들으며 아이자와는 생각했다.

'…그러고 보니, 우리 반도 수업이 시작되기 전에는 이런 느낌인데.'

아이자와가 교실 문을 열기 전에는 학생들도 이런 식으로 시시한 이야기에 열을 올리고 있다.

아이자와가 볼 때 그것은 비합리적이었다.

소모적인 이야기를 하느라 너무 흥분해서, 쓸데없이 체력이나 시간을 사용하는 것은 합리적이라고 볼 수 없다. 하지만 그렇다고 해서 그것을 강요하지는 않는다. 수업 중에는 철저하게 합리적으로 진행하지만, 자유 시간에까지 그것을 강요할 정도로 오만하지는 않기 때문이다. 자신의 가치관을 타인에게 강요하는 짓 따위는 그야말로 합리적이지 못하다.

'왜 그렇게 즐거워 보이는 걸까?'

학생들이 정신없이 몰두해서 이야기하는 모습. 사소한 일로 금세 기죽고, 의견 차이로 서로 충돌하고.

젊음이란 도무지 합리적이지 못하다.

자기만의 답을 찾아 무작정 돌진하거나, 사실은 간절히 바라는 주제에 해답 따위는 필요 없다며 외면해버리거나.

납득할 만한 답이 나올 때까지 막대한 시간과 노력을 허비한다.

그러나 그 소모적인 과정을 거치지 않고선 결코 해답에는 도달할 수 없는 것이다.

아이자와는 학생들의 얼굴을 떠올렸다.

어리고, 어리석고, 가능성만 쓸데없이 넘쳐나는 학생들.

'—정말이지, 가르치는 보람이 있다니까….'

"……."

하관을 가린, 붕대 같은 포박 무기 속에서 그의 입가가 슬쩍 풀어졌다. 아이자와 자신도 인지하지 못할 정도로 희미하게.

아이자와의 주변에는 쓸데없는 게 넘쳐나고 있다.

그래서 아이자와는 최소한 자신 정도는 합리적으로 살아야겠다고 생각한다.

Part. 4

놀이공원 패닉

"얘, 이즈쿠. 어느 쪽이 더 나은 것 같니?!"
일요일, 염원하던 히어로 회고전에 가려고 방에서 나온 이즈쿠 앞에 제시된 것은 감색 정장과 연한 핑크색 정장.
그것을 교대로 몸에 대보며, 진심으로 고민스러운 표정을 짓고 있는 것은 이즈쿠의 모친이었다.
"어디 가?"
그렇게 물어보는 이즈쿠에게 엄마는 "그게 아니라"라며 고민스러운 표정을 일순 무너뜨리고 말했다.
"내일 수업참관에 입고 갈 옷. 얘, 어느 쪽이 더 낫니?"
또 다시 진지한 표정으로 물어보는 모친을 향해서, 이즈쿠는 난감한 듯 웃는 수밖에 없었다.
여성 정장에 관해 어드바이스를 하는 건, 남자 고등학생에게 매우 어려운 문제다. 심지어 "어느 쪽이든 상관없다"라는 대답은 그녀가 원치 않는다.
진지한 엄마의 모습에 이즈쿠는 잠시 고민한 뒤 입을 열었다.
"이쪽…?"
생각은 해보았으나, 결국 왠지 모르게 선택한 감색을 가리켰다.

"감색? 하지만~ 왠지 어두운 느낌으로 보이지 않을까?"

"…그럼 이쪽?"

"핑크는 왠지 억지로 젊게 꾸민 것처럼 보이지 않을까? 괜찮겠어?"

"괜찮을 것 같은데. 그보다 난 이제 슬슬…."

"그럼 이쪽 걸로 할까…?"

그렇게 말하면서 엄마는 연한 핑크색 정장을 세면대 거울 앞에 대보려고 갔다. 이즈쿠는 그 사이에 현관으로 향했다.

"…얘, 핑크는 공연히 뚱뚱해 보이지 않을까…?"

새삼 거울에 대보고 불안해진 것인지, 오동통한 모친은 황급히 현관 앞까지 쫓아 나왔다.

"그게 신경 쓰이면 감색이 낫지 않겠어?"

익히 신어온 큼직한 신발에 발을 밀어 넣으며 그렇게 말하자, 엄마는 두 벌의 정장을 번갈아 쳐다보며 말했다.

"그러게. 게다가 감색이 얼룩도 눈에 띄지 않을 테고."

"얼룩?"

그렇게 말하며 돌아본 이즈쿠에게 엄마는 헉하며 입을 가렸다. 마치 뭔가 말해선 안 되는 소리를 해버린 듯한 몸짓이다.

이즈쿠는 고개를 갸웃거렸다.

"핑크색 정장, 때 탔어?"

"—아아, 아니야! 저기, 그게… 시설 안내도 있잖니? USJ라고 했던가? 그런 위험한 곳에서 넘어지기라도 하면 더러워지지 않을까 하고 생각한 것뿐이야."

그렇게 말하며 웃는 엄마의 입모양이 어딘가 어색하다.

"자, 얼른 나가봐야 되지 않아?"

"아, 으응."

"점심은?"

"뭔가 적당히 챙겨 먹을게, 저녁 전에는 돌아올 거야. 그럼 다녀오겠습니다!"

"잘 다녀오렴, 조심하고."

모친의 배웅을 받으며 현관을 나선 이즈쿠는 종종걸음으로 걷기 시작했다. 어디에나 흔히 있는 아파트 단지의 최상층에서, 조급한 마음으로 계단을 뛰어 내려간다.

엄마의 태도가 좀 이상했던 것 같지만, 손거스러미 같은 찜찜함은 쾌청한 푸른 하늘에 떠있는 연한 구름처럼 눈 깜짝할 사이에 사라졌다.

도심에서 보면 시골이고, 시골에서 보면 도시로 보이는 그런 흔해빠진 동네.

항상 역까지 걸어가는 그 길을, 이즈쿠는 히죽히죽 웃으며 걸어갔다.

'여명기의 히어로들, 완전 기대된다!'

히어로로서의 제도도 아직 확립되지 않았던 시대에, 문제를 어떻게든 해결해보려고 용감하게 일어선 이들의 회고전. 그 사람들 없이는 지금 이 시대도 전혀 다른 형태가 되었을지 모른다고 생각하면, 역시나 놀이공원의 유혹을 거절해서라도 꼭 가고 싶은 이벤트였다. 이즈쿠는 마음속으로 사과했다.

'이이다, 미안해…!!'

오로지 누군가를 구하기 위해 나서는 이들이 있었다. 그런 사실이 언제나 이즈쿠의 마음을 분연히 일으켜 세웠다. 자신도 그렇게 되길 바라는 것은, 이즈쿠에겐 숨을 쉬는 것보다 더 자연스러운 일이었다.

'그래도 나한테 최고의 히어로는 부동의 올마이트지만…!'

때로는 설레는 가슴으로, 때로는 눈물에 흔들리는 화면으로, 올마이트의 데뷔 동영상을 몇 번이고, 몇 번이고 반복적으로 보았던 그 시절의 자신에게 가르쳐주고 싶다.

그 동경하는 히어로를 만날 수 있을 거라고. 어디 그뿐인가, 그토록 간절히 바라던 '개성'을 양도받게 될 거라고.

믿을 수 없을 만큼 커다란 행운.

그러니 죽을힘을 다해 노력하는 것 정도는 아무것도 아니다.

양도받은 '개성'을 100% 스스로 다룰 수 있게 되려면 아직 한참 멀었지만, 언젠가는 꼭.

"좋았어, 힘내자…!!"

"어엉?!"

넘쳐나는 의욕이 고스란히 입 밖으로 튀어나온 이즈쿠에게, 가시 돋친 목소리가 날아들었다.

"우앗!! 캇짱…!"

"내 앞에 서있지 마! 빌어먹을 데쿠!"

길모퉁이에서 딱 마주친 것은 소꿉친구인 바쿠고 카츠키였다.

자주 같이 놀던 어린 시절부터 놀림을 당하곤 했는데, 점점 커가면서는 놀림의 범위를 뛰어넘어 업신여김을 당했다. 최근에는 필요 이상으로 시비를 걸어오는 일이 줄어들었지만, 그 시절부터 배인 불편한 의식은 웬만해선 가실 것 같지 않다.

"미안해. 저기…, 아."

사과하는 이즈쿠에게 아랑곳하지 않고, 바쿠고는 잽싸게 걷기 시작했다.

'어휴, 여전하다니까….'

가볍게 한숨을 내쉬고, 이즈쿠도 한적한 주택가를 걷기 시작했다.

'아참. 전철 타기 전에 편의점에서 음료수 사가야지. 올마이트의 미니미니 피규어가 딸린 주스, 이제 한 종류만 더 모으면 컴플리트니까…. 근데 역시 좀처럼 잘 안 나온단 말이야, 실버에이지 버전….'

"…아, 그러고 보니 이번 달 월간 히어로도 사야겠구나. 올마이트의 특집은 빼놓을 수 없지. 히어로 활동 미공개 사진도 인터뷰에 왕창 실린다고 하고. 완전 기대된다! 아, 맞다. 그리고 월말에 히어로 대 전집 개정판 나온다고 했지…? 용돈 안 모자라려나? 으~음…. 일단은 점심값을 절약해야 되나…? 하지만 단백질은 섭취해야 하는데."

"기분 나빠, 뒤에서 구시렁거리지 마!!"

또 마음 속 목소리를 자신도 모르게 입 밖에 내고 있던 이즈쿠에게 바쿠고가 폭발해, 멱살을 움켜잡았다.

"그리고 뒤에서 따라오지 마! 이 스토커 자식아!!"

"아, 아니야! 편의점에 가려고 한 것뿐…."

"내가 먼저 가려고 했거든?! 넌 나중에 가!!"

바쿠고는 그렇게 말하더니, 이즈쿠를 확 밀쳐내고 잽싸게 걸어갔다.

'부조리해…!'

그러나 그렇게 말해봤자, 어차피 부조리한 바쿠고에게는 통하지 않는다. 포기하고 역 앞 편의점에서 사야겠다고 마음먹으며, 이즈쿠는 두 번째 한숨을 내쉬고 걷기 시작했다.

"……."

"……."

"그러니까 넌…!!"

이즈쿠의 발소리를 알아차린 바쿠고가 어깨를 곤두세우며 뒤로 돌아섰다.

"역으로 가는 거야, 이 길이 제일 가까워서."

"알 게 뭐야! 빙 돌아서 가! 내 뒤에서도, 앞에서도 걷지 마!"

'뒤도, 앞도 안 되면… 그럼 옆은 괜찮고?'

이즈쿠는 말도 안 되는 상상을 하다가 겁이 덜컥 나, 오한에 몸을 부르르 떨었다.

'편의점까지만 참자, 참아….'

그러나 편의점까지는 아직 좀 더 가야 된다. 어색한 노정이다. 바쿠고는 성큼성큼 걸어가고 있다. 그런 뒷모습을 바라보면서 이즈쿠는 생각했다.

'…그러고 보니 옛날에도 이런 식으로 캇짱 뒤에서 걷곤 했지.'

옛날부터 자신만만하고, 골목대장이었던 바쿠고는 솔선해 선두에 서서 걸었다. 그 뒷모습이 믿음직하고 멋있어서 따라다니는 것도 즐거웠다.

'언제부터 이런 꼴이 되어버린 걸까…?'

이즈쿠는 자신도 모르게 생각에 빠져들 뻔하다가 고개를 흔들었다. 그리고 다른 것을 생각했다.

'…그러고 보니 편지, 집에 가서 써야겠네. 엄마에 대한 감사라…. 마음이야 당연히 있지만, 막상 편지로 쓰려니 어렵단 말이야. 어떻게 하지…? 그래도 역시 쓴다면 걱정 끼친 일에 대해 써야겠지…?'

'무개성'이었던 것 때문에 무던히도 고민했다. 고민해봤자 별 소용 없었을지 몰라도, 그래도 고민하지 않을 수가 없었다.

'어쩌면 나보다 엄마가 더 고민했을지도….'

이즈쿠는 엄마가 "미안해…!"라고 울면서 자신에게 사과하던 일을 떠올렸다.

'엄마가 잘못한 것도 아닌데.'

"……."

편지 내용이 대충 떠오른 것 같아, 이즈쿠는 문득 바쿠고에게 말을 걸었다.

"…저기, 캇짱. 편지 썼어? 수업참관용."

"그런 쪽팔린 걸 쓸 리 없잖아!"

'…쪽팔린 내용을 쓰려고 했던 거야?'

"…왜 히죽거리고 난리야?!"

이즈쿠의 얼굴을 본 바쿠고의 얼굴이 언짢은 듯 일그러졌다. 이즈쿠는 황급히 입을 열었다.

"그, 그냥…. 하지만 편지는 어쩔 거야? 내일…."

"대충 써야지, 대충! 날 낳아서 복 받았네, 라든가."

"그건 외려 감사를 강요하는…."

"어엉?! 그보다 말 걸지 마! 이 망할 자식아!!"

이즈쿠의 지적에 바쿠고가 분노하며 손바닥 위에서 폭발을 일으켰다.

"우앗, 미안해!"

이즈쿠가 허둥지둥 역으로 뛰어가기 시작한 그 무렵, 이이다 텐야는 토끼 귀 모양의 머리띠를 차고 신바람이 나있었다.

"와아, 놀이공원 가기에 좋은 날씨다! 그치? 카미나리! 미네타! 토코야미!"

쾌청한 하늘을 올려다보며 그렇게 말하는 이이다의 옆에는 코끼리 귀를 단 미네타, 곰 귀를 단 카미나리, 원숭이 귀를 단 토코야미가 있었다.

이곳은 ZOO 드림랜드. 동물을 모티브로 한 놀이공원이다. 숲이나 사바나를 모방한 동화적인 놀이공원이라, 어린이부터 노인까지 폭넓은 연령층에게 인기가 있다. 일요일인 오늘은 특히나 가족 동반 팀으로 북적거리고, 입장객 대부분이 이이다 일행과 같은 동물 귀 머리띠를 차고 있었다.

네이티브가 보내준 것은 이곳의 티켓이었다.

이즈쿠와 토도로키가 갈 수 없다는 사실을 알고 어떻게 할까 고민하며 돌아가던 길에, 이이다는 우연히 지나가던 미네타와 카미나리를 초대했다. 단번에 OK한 두 사람. 자, 이제 남은 한 명은 어떻게 하지라고 생각하는데, 그때 나중에 나타난 토코야미가 의외로 흥미를 보인 것이다.

"반장, 이 장신구는 꼭 달아야만 하는 거야?"

처음 와본 놀이공원에서, 시키는 대로 머리띠를 찬 토코야미가 이이다에게 물었다.

"그런 건 아니지만, 놀이공원에 들어왔으면 놀이공원의 색에 물들지 않고는 즐길 수 없잖아! ZOO 드림랜드에 한 걸음 발을 들여놓은 이상, 우린 이제 ZOO 드림랜드의 주민이라고! 봐봐! 길을 가는 가족 동반 팀도 죄다 머리띠를 차고 있지!"

생긴 것은 새인 토코야미가 원숭이 귀를 달고 있으니 보기에도 사뭇 위화감이 들었다. 착용한 쪽 역시 위화감이 드는지,

토코야미가 자꾸만 귀를 확인하며 물어보자 이이다는 자신만만하게 대답했다. 매사에 성실한 이이다는 놀이공원에서도 성실하게 즐겨볼 요량인 것 같다.

“아하, 그런 거야?”

뜨겁게 열변하는 이이다에게 납득한 듯 고개를 끄덕이는 토코야미. 카미나리가 눈앞에 지나가는 토끼 귀 소녀들을 보더니, 흥분해서 입을 열었다.

“그래, 한마디로 분위기지. 게다가 동물 귀를 단 여자들은 귀엽잖아! 토끼 귀 최고!”

“무슨 소리야? 단지 귀엽기만 한 거면 인형탈로도 가능하지. 정작 중요한 게 부족하구만!”

무슨 이유인지 분개하는 미네타에게 카미나리가 고개를 갸웃거렸다.

“중요한 것?”

“토끼 귀라면, 바니걸 옷차림이 머스트 해브 아니야…?! 쏟아질 듯한 가슴에, 아슬아슬하게 파고든 하이 레그에, 망사 스타킹이지!! 왜 남자의 드림을 팔지 않는 거야! 드림랜드인데!!”

주먹을 불끈 쥐고 역설하는 미네타에게 이이다는 고개를 갸웃거렸다.

“너야말로 무슨 소릴 하는 거야? 미네타. 숲과 사바나에 바니

SMASH
MY HERO ACADEMIA
나의 히어로 아카데미아

걸이 있을 리 없잖아."

"있을 수도 있지! 신주쿠 카부키쵸에서 일하던 바니걸이 악덕 업자에게 사기당해, 사바나에 팽개쳐질 가능성도 제로는 아니잖아…. 상상력은 언제나 플루스 울트라라고!"

미네타의 에로 파워는 이미 프로급이다. 그러나 이이다의 성실함도 프로급이었다.

"왜 일부러 사바나에 팽개쳐? 애당초 사바나란 열대 초원이라, 아프리카나 남미 등지에 있는데. 그런 데에 던져놓는 게 악덕 업자한테 무슨 메리트가 있다고?"

"메리트가 아니라, 바니걸의 가능성에 대해 말하는 거지! 아프리카에 가부키초가 있을지도 모르잖아!"

"뭐?! 아프리카에도 가부키초라는 지명이 있어?!"

"그게 아니라! 밤의 환락가라는 뜻이야!"

"야, 야, 너희들. 대낮의 놀이공원에서 무슨 언쟁을 벌이고 있는 거야?"

카미나리가 두 사람을 말리러 끼어든다. 주위를 둘러보니, 가족 동반 팀들이 멀리서 빙 에워싸듯이 이이다 일행을 바라보고 있었다. 불필요한 주목을 끌어 모은 모양이다.

"내, 내가 어쩌자고 이런 실수를! 한가로운 휴일을 방해해서 죄송합니다!"

황급히 사죄하는 이이다. 가족 동반 팀은 이이다의 성실함에 쓴웃음을 지으며 각자의 목적지로 흩어졌다.

고개를 쳐든 이이다는 결심을 새로이 다졌다.

"이래선 안 돼, 얘들아! 우린 이미 ZOO 드림랜드의 주민…. 하계의 일은 잊어버리고 놀이공원을 즐겨보자!! 자, 어디부터 돌아볼까? 기왕이면 놀이기구를 전부 제패하자!"

놀이공원 지도를 펼치고 계획을 세우기 시작하는 이이다의 뒤에서, 미네타와 카미나리가 뭔가 슬며시 눈빛을 주고받았다.

"……."

"……."

그리고 작게 고개를 끄덕이는 두 사람.

"우선 정글 존부터 돌고…."

"야, 반장! 나랑 미네타는 좀 가보고 싶은 데가 있는데."

포문을 연 카미나리를 엄호사격 하듯이 미네타도 그 뒤를 이었다.

"사바나 존에서 뭔가 히어로 이벤트가 있대! 이제 곧 시작되겠어!"

"히어로 이벤트? 그럼 거기부터…."

그런 이벤트도 있었나 하고 생각하면서도, 그것을 감안한 순서를 짜려고 하는 이이다에게 미네타와 카미나리는 고개를 붕붕 흔들었다.

"괘, 괜찮아, 괜찮아! 그러니까 두 팀으로 찢어지자!"

"카미나리랑 나, 반장이랑 토코야미로!"

부자연스러울 정도로 상큼한 스마일을 머금은 카미나리와 미네타에게 이이다는 의아한 표정을 지었다.

"하지만 기왕 다 같이 왔으니 함께…."

"생각해 봐, 우릴 따라왔다간 전부 다 돌 수 없게 되잖아?! 게다가 토코야미가 먹고 싶어 했던 기간한정 애플파이, 그 사이에 품절되지 않을까?"

"그건 곤란해."

카미나리의 말에 토코야미는 나지막이 중얼거렸다.

토코야미가 놀이공원에 혹한 이유. 그것은 ZOO 드림랜드의 기간한정 애플파이였다. 토코야미는 사과를 좋아하기 때문이다.

"아, 그것도 그러네."

"품절되면 곤란해."

토코야미가, 그렇게 되면 여기에 무엇 때문에 왔는지 알 수 없다는 듯한 태도를 보이자, 미네타와 카미나리는 그 등을 떠밀 듯이 단숨에 몰아치며 말했다.

"그러니까 점심 즈음에 합류하자!!"
"그럼 그렇게 알고!!"
그렇게 말하고서, 카미나리와 미네타는 달아나는 토끼처럼 뛰기 시작했다.
"…그렇게 히어로 이벤트가 보고 싶었나?"
"히어로는 누가 와있지?"
"글쎄? 이벤트를 한다는 것도 몰랐어."
두 사람의 뒷모습을 배웅하던 이이다는 이내 토코야미의 사정을 떠올렸다.
"이런, 애플파이랬지! 한정 애플파이는… 여기다, '숲의 디저트 가게'에서 먹을 수 있대."
"가자."
지도로 장소를 확인한 두 사람은 숲의 디저트 가게로 향했다.
익숙한 태도로 걸어가는 이이다 덕분에 금세 도착할 수 있었다. 가게는 사과를 모티브로 꾸며진 곳이다.
당장 기간 한정 애플파이와 음료수를 각자 한 개씩 주문해, 가게 근처에 비치되어있는 테이블에서 먹었다.
"으음, 맛있네."
"응, 상큼한 사과의 산미는 남겨두고, 시나몬을 넣어 단맛을 부각시켰어. 파이 반죽과 부드럽게 졸인 사과의 식감도 좋고…. 맛있어.”

맛을 곱씹듯이 깊이 고개를 끄덕인 뒤, 부리로 날렵하게 쪼듯이 애플파이를 만끽하는 토코야미. 정말로 맛있어 하는 모습을 보니, 이이다도 아까보다 훨씬 더 맛있게 느껴졌다.

“나중에 카미나리랑 미네타한테도 알려주자. 이렇게 맛있는 걸 안 먹고 넘어가는 건 아까우니까. 근데 토코야미가 그렇게 사과를 좋아했다니, 좀 의외인걸?”

“사과는 하루에 한 개씩 먹으면 의사를 멀리할 수 있다는 말이 있을 정도로 영양이 풍부하거든. 게다가 적당한 산미와 단맛이 있지. 또 장기 보존도 가능하고…. 사과만큼 훌륭한 과일은 없어.”

그렇구나, 라고 고개를 끄덕이며 애플파이를 싹 다 먹은 이이다에게 토코야미가 물었다.

“반장은 역시 오렌지를 제일 좋아해?”

이이다의 음료수는 오렌지 주스였다.

“아니, 그런 것까진 아닌데 내 가솔린이라서. 음료수는 나도 모르게 오렌지 주스를 고르게 돼.”

이이다의 ‘개성’은 “엔진”. 장딴지에 달려있는 엔진 같은 기관으로 재빨리 움직일 수가 있다. 그 원동력이 100% 원액의 오렌지 주스다.

이이다도 가끔은 다른 것을 마시고 싶을 때가 있다. 그러나 커피를 마시고 싶다고 생각하며 자동판매기에서 사려고 해도, 정신을 차려보면 손이 멋대로 오렌지 주스 버튼을 누르고 있다. 유사시에 움직일 수 없게 되면 곤란하니까, 그래도 역시 오렌지 주스가 정답이라고 이이다는 생각한다.

"자, 이제 어디부터 돌까? 토코야미는 뭔가 타고 싶은 게 있어?"

토코야미가 애플파이를 다 먹을 때를 기다렸다가, 이이다는 지도를 테이블 위에 펼쳤다.

"아니, 딱히 없어. 반장한테 맡길게."

"그래…? 그럼 저기부터 갈까?"

이동하는 두 사람. 도중부터 숲이 넘쳐나는 구역으로 변했다. 도대체 무슨 취향인 것인지 우거진 나무들 사이에는 타이어나 멜론 빵, 피라미드, 빨간 구체와 같은 조각이 드문드문 놓여있었다.

"…어째 좀 기묘한 공간이네."

"응. 이곳 원장은 예술을 좋아하는 사람인지, 옛날부터 다양한 예술 작품을 기간 별로 원내에 전시해두고 있어. 내가 어린 시절에 왔을 땐, 온몸을 하얀색으로 칠한 사람들이 여기서 단체 체조를 하고 있었지."

그 광경을 상상하며 토코야미는 차라리 평범한 조각이라 다행이라고 생각했다.

그렇게, 이이다와 토코야미가 찾아온 곳은 찻잔 놀이기구였다. 동그란 쟁반을 모방한 받침대 위에 찻잔 모양의 놀이기구가 여러 개 설치되어 있었다.

"반장, 뭐야, 이건?"

"'오아시스의 티타임'이야. 놀이공원 하면, 우선 이것부터 타야지! 오, 아무도 안 서있네! 바로 탈 수 있겠다, 토코야미."

들뜬 이이다를 뒤따라 토코야미도 찻잔에 올라탔다. 그들 외에 올라타 있는 것은 어린 꼬마를 대동한 사람들뿐이었다.

"반장, 이 핸들은 뭐야?"

찻잔 중심에는 핸들이 달려있었다.

"이걸 돌리면 돌릴수록 찻잔이 빨리 회전해."

"돌리면 되는 거야?"

"응…. 아, 시작된다!"

개시 버저가 울린 후, 느리고 유쾌한 음악이 흐르기 시작했다. 즐거운 듯 까르르 웃는 아이들을 흐뭇하게 바라보던 이이다의 얼굴이 돌연 옆에서 쏟아진 중력에 떠밀려갔다.

"큭?! 토, 토코야미…?!"

자칫하면 원심력 때문에 장외까지 날아갈 수도 있는 속도로 돌아가는 찻잔. 토코야미가 혼신의 힘을 다해 핸들을 돌리고 있었다.

"토코야미…. 큭, 도대체 무슨 짓을…!"

찻잔에 필사적으로 매달린 이이다의 외침에 토코야미가 일심불란하게 핸들을 돌리며 대답했다.

"이건 찻잔을 빠르게 돌리는 놀이기구라면서…? 보아하니 우리가 제일 빠른 것 같아…!"

"트, 틀렸어…, 토코야미…!"

그러나 그렇게 말하려던 이이다의 목소리는 끝내 나오지 않았다. 강렬한 원심력의 영향으로, 방금 전 마신 오렌지 주스의 거친 바다에 애플파이가 빠져 허우적거리고 있었기 때문이다. 그리고 그것은 토코야미도 마찬가지였다.

몇 분 후, 이이다와 토코야미는 근처 벤치에 축 늘어져 앉아 있었다. 찻잔이란 회전 속도를 경쟁하는 놀이기구가 아니라고 이이다가 가르쳐주자, 토코야미는 "빨리 말했어야지…"라며 작게 고개를 흔들었다.

"…근데 토코야미, 넌 진짜로 놀이공원에 처음 와본 거구나?"

"거짓말해서 뭐해? …반장, 다음은?"

"이제 괜찮아?"

“아직 온전한 상태는 아니지만, 아까 놀이기구를 제패하자고 했잖아.”

“그럼… 다음은 좀 얌전한 놀이기구로 하자.”

그리고 비틀거리며 찾아간 것은 휘황찬란한 회전목마. ZOO 드림랜드라서 말뿐만이 아니라 코뿔소나 사자, 코끼리 같은 놀이기구도 있었다.

이이다는 말에, 토코야미는 코뿔소에 올라탔다. 느린 음악에 맞춰서 느긋하게 돌고 있다. 서클 바깥쪽에는 아이가 신나하는 모습을 추억으로 만들려고 비디오나 카메라로 찍고 있는 부모들이 있었다.

“…반장, 이건 뭐가 즐거운 거야?”

토코야미의 심플한 의문에 이이다가 대답했다.

“무슨 소리야? 토코야미. 평소에는 탈 수 없는 동물을 타고 있잖아. 그것도 안전하게. 봐봐, 아이들도 저렇게 즐거워하고 있지.”

“그런 건가…?”

아이들의 들뜬 목소리와 부드럽게 내리쬐는 햇살 속에서, 회전목마는 느릿느릿 계속 돌았다.

“…근데 놀이공원의 놀이기구는 빙빙 도는 것들이 많네.”

또 다시 날아든 토코야미의 심플한 감상에 이이다가 대답했다.
“꼭 그런 것만은 아니야. 올라갔다가 내려갔다가, 회전도 해.”
“역시 도는구나?”

토코야미가 어렴풋이 놀이공원에 온 것을 후회하고 있던 그 무렵, 미네타와 카미나리는 벤치에 앉은 헌터로 변신해 있었다.
“미네타, 저 토끼 귀를 단 2인조는?”
“…아깝네. 얼굴 80점, 몸매 60점이야. 우리가 노리는 건 얼굴 착하고, 몸매 착하고, 심지어 성격도 착하고, 그러면서도 말 걸면 홀짝 따라오는, 가드가 허술한 천사 같은 사냥감이라고…!”
조금 떨어져서 아이스크림을 먹고 있는 소녀 2인조를 품평하는 카미나리와 미네타.
만약 평가가 그 소녀들 귀에 들어갔다면, “그러는 넌 뭔데!”라며 호통을 쳤을 것이다.
미네타와 카미나리가 놀이공원에 온 진짜 목적, 그것은 헌팅이었다. 이이다가 놀이공원에 초대해준 그 순간, 놀이공원은 두 사람의 사냥터가 되었다.

그러나 성실함이 옷을 입고 다니는 것 같은 이이다에게 헌팅 목적이 탄로 나면, 틀림없이 막을 것이다. 그래서 두 사람은 슬그머니 빠져나가기로 미리 결심하고 있었다.

소녀들을 품평하면서 카미나리가 미네타에게 말했다.

"야, 만약 헌팅에 성공하면 이이다네한테는 뭐라고 말해?"

"그거야 갑작스러운 복통이지…. 그리고 ZOO 드림랜드를 빠져나가 하계의 드림랜드로 GO!"

헌터들의 머리에선 남자의 우정이라는 단어는 사라지고 없었다.

그런 두 사람 앞에 얼굴 착하고 몸매 착한 소녀가 한 명 나타났다. 약간 불안한 듯한 표정으로 주위를 둘러보고 있었다.

"그야말로 천사 같은 사냥감…!!"

지금 아는 거라곤 외양뿐. 성격이 착한지, 가드가 허술한지는 알 길이 없지만, 아무튼 이 미인 사냥감에 미네타와 카미나리는 눈을 번뜩하고 빛냈다.

그러나 예상을 초월하는 미인 앞에서, 두 명의 헌터는 엉거주춤한 태도로 돌변했다.

"뭐, 뭐라고 말 걸지…?"

미네타가 물어보자 카미나리는 잠시 생각한 뒤 대답했다.
"그, 그거야…. 시간 좀 있으세요?"
"…왠지 딱딱해! 이상한 앙케트에 대답해야 될 것 같아."
"그럼 미네타가 말 걸든가!"
"이 바보야! 너하고 나 중엔 네가 아주 살짝, 진짜 딱 1나노미터 정도 멋있으니까 네가 말 걸어!"
"! 그, 그렇게까지 말한다면야 어쩔 수 없지."
"나노는 밀리보다 더 작은 단위인 것 알지?"
"어려운 이야긴 그만하고, 나의 용감한 모습이나 보고 있어!"
"이 바보야! 멋있는 타입인 너만 있으면 소녀가 경계하지! 치유계에 귀여운 타입인 나도 가야 해! 하지만 말 거는 건 너고!"
"나만 믿어!"
1나노미터의 칭찬에 완전히 자신감이 붙은 카미나리가 소녀 앞에 섰다. 미네타도 그 뒤를 따랐다.
"안녕—? 여어—, 날씨가 참 좋지?"
"네? 아, 네에…."
카미나리가 말을 걸어오자 소녀는 어리둥절하게 대답했다.
"저기 말이야, 혹시 괜찮으면 우리랑 놀지 않을래? 남자 둘만 있으니 심심해서—."
"아…, 아뇨, 됐어요…."

“난 미네타라고 해! 괜찮아, 괜찮아! 정말로 노는 것뿐이니까!”

“아니, 정말로….”

곤란한 듯 당황하는 소녀의 사랑스러운 얼굴이 미네타와 카미나리 안에 있는 남자의 마음을 간질였다.

“아, 배고프지 않아? 기간 한정 애플파이 먹으러 가지 않을래?”

“괜찮아, 괜찮아, 우리가 쏠 테니까! 빨리 가지 않으면 다 떨어질지도! 자, 가자…. 우앗, 손이 참 부드럽네요~.”

소녀를 데려가려고 손을 잡은 미네타가 인중을 쭉 늘리며 해롱거리던 그때, “야” 하고 위협적인 목소리가 날아들었다.

“내 여자친구한테 무슨 짓이야?”

“켄…!”

아무래도 소녀의 남자친구인 듯한, 종이봉투를 든 우락부락한 남자가 쏘아보자 미네타와 카미나리는 돌처럼 굳었다.

“남의 여자친구한테 작업을 걸다니, 배짱 한 번 두둑하구나…?”

헌터들은 갑자기 나타난 식인 곰에게 위협당해, 달달 떠는 아기 토끼로 변했다.

“아아아, 아니, 작업이라니 당치도 않으세요! 길 좀 물어본 것뿐인데…!!"
"저희는 시골에서 올라와서 좌우 분간도, 제트 코스터도 몰라유…!"
"그런 변명이…."
분노가 가라앉지 않는 남자친구에게 소녀가 눈물을 글썽이며 입을 열었다.
"어휴, 켄이 잘못한 거잖아! 나만 혼자 두고 가버리고…. 내가 얼마나 외로웠는지 알아? 오늘은 생일 데이트인데…."
"미안해…. 이걸 사오느라…."
남자친구가 내민 종이봉투를 받아든 소녀가 헉하고 눈이 휘둥그레진다.
"! 이건 내가 갖고 싶다고 했던 캥거루 인형…."
"캥거루 주머니 속 좀 봐봐…."
"…어? 반지…. 이건…."
"평생 나와 함께 있어줘…."
"켄…!"
갑작스러운 프러포즈에 아기 토끼들은 "추, 축하드립니다"라고 말하면서 그 자리를 떠났다.
"…눈앞에서 초 리얼충이 탄생했어."
카미나리는 헌팅 하려다가 졸지에 타인의 프러포즈만 구경한, 제트 코스터 같은 전개에 맥이 빠져서 말했다. 옆에서 똑같이 맥이 빠져있던 미네타가 뒷말을 이었다.

"…생각하니 화가 치미네! 커플들은 집에서나 희희낙락거리라고! 밖에 나오지 마~!"

"하지만 생각해보면 얼굴 착하고 몸매 착한 여자는 대부분 남자친구가 있지."

"그렇긴… 하지."

"말하자면 얼굴도 그저 그렇고, 몸매도 그저 그런 소녀가 더 성공률이 높지 않을까?"

미네타는 카미나리의 제안에 얼굴을 찡그렸다. 그리고 숙고한 뒤, 입을 열었다.

"…완벽한 미인보다는 그저 그런 평균점이 낫다 이거지? … 미인은 실제로 만나면 긴장되고 성가시니까. 하지만 그저 그런 여자라면 긴장하지 않고 우리의 100% 상태로 임할 수 있지…. 좋아, 결심했어. ―평균점으로 가자."

그렇게 말하는 미네타는 중대한 결단을 내린 일국의 대통령 같았다.

―그런데.

"미안합니다."

"농담이지?"

"어휴, 끈질겨!"

주로 미네타로부터 질질 흘러나오는 욕망의 오라를 민감하게 감지한 것인지, 평균점 소녀들에게 번번이 차이기만 하는 미네타와 카미나리였다.

"왜지? 평균점인데…!"

"미네타, 이렇게 된 이상…."

"…그래, 이렇게 된 이상 아무나 상관없어. 가슴만 있으면 돼! 꼭 야오요로즈급 가슴이 아니어도 돼! 지로급의 빨래판이라도 괜찮아!"

헌터에서 아기 토끼로 전락했던 미네타와 카미나리는 이제 굶주린 야수로 돌변해, 눈에 보이는 젊은 여자들에게 닥치는 대로 말을 걸기 시작했다.

—그러나.

"미안합니다."

"미안합니다."

"미안합니다."

"남자친구랑 와있어서."

"자꾸 이러면 경찰 부를 거예요!"

이제 야수들은 패배감으로 서있을 기력조차 없어, 벤치에 축 늘어져서는 자연계의 냉엄함을 곱씹고 있었다.

“여러 번 쐈는데도 안 맞네…. 이젠 쏠 총알도 없어….”['총 솜씨가 서툴러도 여러 번 쏘다보면 맞는다'라는 일본 속담이 있음]

“왜입니까? 신이시여…!”

카미나리가 속담에 대고 푸념하고, 미네타가 신을 저주하던 그때, 이이다가 카미나리에게 휴대 전화로 연락을 했다. 시간은 어느새 정오가 지나있었다.

마지못해 약속 장소를 정하고 이동하려고 일어선 두 사람.

“결국 남자 넷이서 놀이공원인가~…? 가슴이 부족해~. 하는 수 없지…. 카미나리, 내 '뚝뚝이'를 가슴에 붙여라.”

미네타의 '개성'은 “뚝뚝”. 볼록볼록 튀어나온 머리의 돌기물이다. 손으로 뚝뚝 딸 수 있는 말랑말랑하고 부드러운 공 같은 그것은 대개 아무데나 붙일 수 있다.

“싫어, 아─아, 헌팅 당하고 싶다!”

“역(逆)헌팅을 이라니, 그런 것 따윈 도시 괴담이지.”

그러나 신은 두 사람을 버리지 않았다.

“저어….”

“역헌팅…?!”

뒤에서 들려온 귀여운 목소리에 두 사람은 거친 콧김을 내뿜으며 돌아보았다.

“네~엣! 저희들, 너무너무 한가해서…. 응? 없잖아?”

카미나리가 돌아봤을 때, 뒤에는 아무도 없었다.

"카미나리…. 밑에, 밑에."

"밑에? …어?"

곤혹스러워하는 듯한 미네타의 말대로 밑을 내려다본 카미나리. 그곳에는 기린 뿔과 귀가 달린 머리띠를 한, 어린 소녀가 있었다.

"—한마디로 미아인 거네."

"그러니까 유카는 미아가 아니라고! 이제 유치원생이라 미아는 되지 않아!"

약속 장소에 어린 소녀를 데려온 카미나리와 미네타로부터 사정을 전해들은 이이다가 결론을 내리자, 유카라는 소녀는 입술을 삐죽 내밀며 반론했다. 소녀의 말에 의하면 엄마와 둘이서 놀이공원에 놀러 왔는데, 엄마가 점심을 사러 간 사이에 좋아하는 캐릭터 인형 탈이 지나가서 자신도 모르게 그것을 쫓아갔다가 길을 잃어버린 모양이다.

카미나리가 쓴웃음을 지으며 말했다.

"이렇게 우겨대니 미아 센터에 데려갈 수가 있어야 말이지

—."

"그러니까 미아 아니라고. 그냥 엄마랑 만나기로 약속한 곳을 못 찾게 된 것뿐이야."

"그런 걸 미아라고 부르지."

"윽…."

토코야미의 냉정한 지적에 소녀가 움찔하며 겁에 질렸다. 그리고 카미나리의 뒤에 숨듯이 서서 토코야미를 흘낏 쳐다보았다. 그 태도에 모두 어리둥절해했다.

"어째 아까부터 토코야미한테만 태도가 좀 다르지 않아?"

"새, 새 무서워…. 전에 빵 먹다가 쪼였어…."

그 말을 들은 카미나리와 미네타는 웃기 시작했다.

"괜찮아! 토코야미는 새가 아니니까. 그냥 그런 '개성'이야."

"'개성'…?"

소녀는 무서워하면서도 호기심을 드러내며 토코야미를 바라보았다.

"나도 모르게 웃어버렸지만, 그럴 일이 아니네. 나도 가끔 까마귀한테 머리를 쪼이거든."

"유카, 토코야미는 신사야. 무서워할 것 없어."

"그래도…."

겁먹은 태도의 소녀에게 토코야미는 나지막이 한숨을 내쉬었다.

"정신적 외상은 그렇게 쉽게 치유되지 않아…. 그보다 부모님이 걱정하시겠다."

토코야미의 말에 이이다가 고개를 끄덕였다.

"응, 그래야지. 우선 미아가 되었을 때 만나기로 한 약속 장소로 데려가면 만사가 해결되겠지? 그리고, 그 약속 장소라는 곳이…."

"사과 앞!"

소녀가 이것만큼은 분명히 기억하고 있다는 듯이 큰 소리로 대답했다.

"그럼, 사과니까 애플파이 파는 곳인가? 거기 사과가 있었어?"

"응, 분명 장식품이 바글바글했어. 숲의 디저트 가게는 바로 저 앞이야. 한번 가보자."

그리고 남자 넷에 소녀 한 명은 디저트 가게를 향해 걷기 시작했다. 소녀는 토코야미와 가장 멀리 떨어져 있는 카미나리를 잃어버리지 않게 손을 꼭 잡고 있었다. 카미나리는 주위를 빙 둘러보며 미묘한 표정을 지었다.

"—야, 우리 설마 유괴범으로 오해받진 않겠지…?"

"왜? 카미나리."

“남자 넷에 쪼그만 여자애잖아? 이게 무슨 집단이냐고.”
“잡히면 유카가 분명히 말할 거니까 괜찮아!”
“오오—, 고마워—.”
“그나저나 역헌팅을 유치원생한테 당하다니—.”
“역헌팅? 무슨 소리야?”
이이다가 물어보자 당황하는 미네타와 카미나리.
“아무것도 아냐, 아무것도 아냐!”
“역헌팅이란 말은 하지도 않았어!”
그런데 소녀가 끼어들었다.
“아냐, 이 오빠들 아까도 그랬어. 아—, 역헌팅 당하고 싶다, 라고. 역헌팅은 도시 괴담이라고도 했어. 역헌팅이 뭐야?”
“그런 게 뭐가 중요해! 안 그러냐? 카미나리!”
“그, 그러게. 요즘 애들은 어려운 말도 다 아네—, 하하하!”
어떻게든 무마해보려는 미네타와 카미나리였으나, 이이다에겐 통하지 않았다.
“카미나리, 미네타. 어린이의 순수한 의문에 답해주는 건 연장자의 의무 아닐까? 부끄럽지만 나도 역헌팅이 뭔지 모르니까. 유카한테 가르쳐줘. 그리고 나도 한수 가르쳐주면 좋겠군.”
올곧은 눈빛으로 이이다가 부탁하자, 카미나리와 미네타는 대답이 궁해졌다. 아니, 답은 알고 있지만 정답을 말해선 안 된다.

"그러니까 그 역헌팅이라는 건, 그 뭣이냐…. 역으로 헌…. 아니, 역…, 역으로… 띵?"

성실한 남자 고등학생과 더러움을 모르는 어린 소녀가 빤히 쳐다보자, "대전"이 '개성'인 카미나리는 방전된 것도 아닌데 쇼트 되기 일보 직전이었다. 미네타는 자신이 무슨 수를 내야겠다 싶어, 필사적으로 오답이라도 쥐어짰다.

"―역에서 팅, 그래! 역 앞에서 눈팅 해둔 맛집을 가리키는 말이야!"

그러나 이이다에겐 통하지 않았다.

"그래…? 그런데 여기에도 먹을 건 많지 않나? 오히려 역 앞에 눈팅 해둔 가게를 여기서 찾는 것도 좀 아닌 것 같은데? 게다가 역에서 눈팅 당하고 싶다는 건 또 무슨 뜻인데? 눈탱이를 맞고 싶다는 뜻은 아닐 테고."

"…가끔은 그런 기분이 들 때도 있지…."

"아니, 난 눈팅은 해본 적 있어도, 태어나서 이제껏 눈탱이 맞고 싶다는 생각은 단 한 번도 해본 적이 없는데? 미네타, 그건 도대체 어떤 기분일 때니?"

"…외로울 때라든가?"

"―아하, 스스로 고통을 원할 정도로 몸도 마음도 외로울 때 말이구나? 서운하다, 미네타! 눈탱이를 맞을 바에는 차라리 눈팅 해둔 맛집에 함께 가자!"
"으응, 마음만 고맙게 받을게…."
"아아, 그런데 역에서 눈팅 하는 게 도시 괴담이라는 건 또 무슨…?"
"윽…, 그러니까 그건…."
말문이 막힌 미네타를 보며 토코야미가 나지막이 "자업자득…"이라고 중얼거렸다. 그 목소리가 들린 것인지, 소녀가 토코야미를 흘낏 쳐다보더니 눈이 마주치자 헉하고 놀라며 또 다시 카미나리의 뒤에 숨었다.
"……."
작게 한숨을 내쉬는 토코야미. 자기 힘으론 어찌 해볼 도리도 없는 외모 때문에 무서워한다면 속수무책이다.
"알려줘, 미네타."
외로울 때 눈탱이 맞길 원하는 남자로 인정받은 미네타가 이이다에게 계속 추궁 당하자, "도시 괴담이라면 도시 괴담이지, 뭘 따져―! 믿거나 말거나 네 맘이고!"라며 적반하장으로 성을 내곤 대답하길 포기했다.
"그래? 미네타, 너도 잘 모르는구나? 나중에 조사해 봐야지."

간신히 넘겼다며, 미네타와 카미나리가 이이다 모르게 휴우, 하고 한숨을 내쉬었다.

그런 미네타를 소녀가 존경스러운 눈빛으로 올려다보았다.

"뾜록뾜록 오빠, 유식하구나?"

"야, 바보 같은 의성어 갖다 붙이지 마."

"뾜록뾜록~! 그럼 난?"

"노랑 오빠."

이이다는 그런 대화를 보면서 흐뭇하게 입을 열었다.

"카미나리와 미네타는 아이들이 좋아하는구나. 말하기 편한 분위기가 있어서 그런가 봐. 히어로에겐 꼭 필요한 요소지."

"그런가?"

"그래, 애들은 알아보는 거지, 나의 이 바다처럼 드넓은 마음을! 아, 딱히 토코야미 속이 좁다는 뜻은 아니야!"

"신경 안 써."

쑥스러워하는 카미나리와 칭찬받고 우쭐해하는 미네타. 토코야미는 아랑곳하지 않는 태도였다. 기뻐하는 카미나리와 미네타를 보고, 소녀도 어딘가 기쁜 듯이 말했다.

"있잖아. 이 오빠들, 여러 여자들한테 말 걸고 다녔다? 한가하니까 같이 놀자고. 그래서 유카는 이 오빠들이라면 한가하니까 약속 장소를 알려줄지도 모른다고 생각했어!"

"「푸헉—!!」"

소녀의 천진난만한 폭로에 미네타와 카미나리는 침을 뿜었다.

"…카미나리, 미네타, 히어로 이벤트 보러 간 것 아니었어…?"

이이다의 얼굴이 험악해졌다. 분노한 토끼다. 진심으로 어이없는 듯 토코야미가 말했다.

"우리랑 헤어져서 헌팅 하고 다닌 거구나?"

"아니, 그게."

"헌, 팅…?"

이이다는 헉,하고 숨을 삼켰다.

"혹시 역헌팅의 헌팅이 그 헌팅이었어?! 왜 눈팅이라고 둘러댄 거야?!"

"대체 팅이란 소릴 몇 번이나 하는 거야?"

혼나고 있다는 것도 순간적으로 잊고 카미나리가 태클을 날렸다.

"팅 소릴 하게 만들고 있는 건 너희잖아!! 아아, 정말! 졸지에 애한테 잘못된 지식을 알려줬잖아! 잘 들어, 유카! 역헌팅이란 역에서 맛집을 눈팅 한다는 뜻이 아니라 역으로 헌팅, 즉 반대로 헌팅 당한다는 뜻이었어."

소녀를 향해 무릎까지 꿇고 구구절절 설명해주는 이이다에게 토코야미가 중얼거렸다.

"아니, 오히려 안 알려주는 게 낫지 않을까?"

"아니야, 아무리 애라도 올바른 지식이 필요해. 잘못 배운 채로 어른이 되어선 안 돼."

토끼 귀를 뿅뿅 흔들면서 이이다가 진지하게 고개를 가로저었다. 그런 이이다의 진지함에 보답하려는 듯, 소녀도 진지하게 대답했다.

"안경 낀 오빠, 유카는 제대로 외웠어! 근데 헌팅이 뭐야?"

"헌팅이라는 건 본래 사냥을 한다는 뜻인데, 지금 말하는 헌팅이라는 건 남성이 일면식도 없는 여성에게 말을 걸어 놀러 가자고 권해서 아는 사이가 되는 거야. 반대로 여성이 먼저 말을 거는 걸 역헌팅이라고 하지."

"그럼 유카가 역헌팅 한 거네!"

"아니야, 유카. 헌팅은 놀러 가자고 권하는 거고, 유카는 곤경에 처해 길을 물어본 것뿐이잖아."

"그렇구나—, 아쉽다."

"아쉬워할 일이 아니야, 유카! 애당초 미네타, 카미나리! 가족 동반 팀도 많은 놀이공원에서 이 사람, 저 사람 안 가리고 말을 걸어대다니, 파렴치하다고 생각지 않아?! 남녀 교제란 우선 서로에 대해 잘 알고, 서서히 인연의 깊이를 더해가, 가족 단위의 깨끗한 교제를…."

이이다의 성실한 윤리관에 여체를 사랑해 마지않는 미네타가 끝내 스스로 울화통을 터트리고 말았다.

"깨끗한 교제 따윈 엿이나 먹으라 그래! 이쪽은 오히려 파렴치한 청춘을 보내고 싶다구!!"

"노랑 오빠, 파렴치가 뭐야?"

"나도 몰라."

"어이, 숲의 디저트 가게에 도착했다."

토코야미의 말에 이이다와 미네타는 윤리관의 차이를 우선 접어두기로 했다. 이이다의 기억대로 숲의 디저트 가게는 기간 한정 애플파이의 선전으로, 온통 사과 모티브로 장식되어 있었다.

"약속 장소가 여기니? 유카."

"아니, 틀렸어. 훨씬 커다란 사과가 있는 곳…. 이만한."

불안한 듯 얼굴을 찡그리면서도 두 팔을 한껏 뻗어 보이는 소녀.

"반장, 좀 더 큰 사과는 없어?"

"ZOO 드림랜드는 어렸을 때 자주 와봤지만, 그렇게 큰 사과는 모르겠는데…? 이 놀이공원 지도에도 그걸로 추정되는 물건은 없는 것 같고."

"유카는 이제 엄마랑 못 만나…?"

글썽글썽, 눈에 눈물이 고인 소녀에게 이이다 일행은 당황했다. 사람들을 구해주는 히어로 지망생이 감사의 눈물도 아니고, 어린 소녀를 울린다면 언어도단이다.

"그, 그래! 높은 데서 보면 찾을 수 있지 않을까?!"

"그래! 그것 참 좋은 아이디어네. 근데 높은 곳은…."

"마침 대관람차가 저기 있어!"

미네타가 손가락으로 가리킨, ZOO 드림랜드에서 가장 높은 대관람차를 보고 토코야미가 중얼거렸다.

"또 도는 건가…?"

이리하여 대관람차에 올라탄 다섯 명.

"유카, 눈 크게 뜨고 약속 장소를 찾아봐."

"응!"

점점 상승하는 대관람차. 다들 제각각 '커다란 사과'를 찾아내려고 창가에 달라붙었다.

"이런 때 시력이 엄청 좋은 '개성' 같은 게 있다면 편리할 텐데. 내 '대전'으론 별 도움이 안 돼서."

카미나리의 말에 이이다도 고개를 끄덕였다.

"내 '개성'도 물건 찾기에는 부적합해."

"안경 낀 오빠의 '개성'은 뭔데?"

"내 건 '엔진'이야. 봐봐, 이걸로 막 빨리 달리고 그럴 수 있어."

"와아, 좋겠다. 유카는 아직 '개성'이 안 나타났는데."

약간 유감스러운 듯 중얼거리는 소녀.

"내 '개성'은 이거야. 자, 너한테 줄게."

미네타가 머리에 달린 '뚝뚝이'를 뽑아 내밀었지만, 소녀는 "필요 없어"라면서 고개를 흔들었다.

"왜?! 엄청 잘 달라붙어, 이것! 봐봐, 봐봐, 보라고!"

소녀에게 매정하게 거절당한 미네타가 '뚝뚝이'를 뽑아 벽에 붙이기 시작했다. 그런 미네타를 흘낏 쳐다보고 토코야미가 입을 열었다.

"쓸데없이 움직이지 마, 흔들린다."

"미네타, 그런 짓이나 하고 있을 때가 아니야! 빨리 커다란 사과를 찾아야지!"

그러나 결국 약속 장소인 듯한 물건은 찾아내지 못했다. 담당 직원에게 물어봐도 그것으로 짐작되는 물건은 없다고 한다.

"…저기, 이제 그만 미아 센터로 가는 게 좋지 않을까…?"

설마 하니 부모는 이미 미아 센터에 가있겠지 않냐는 카미나리의 말에 소녀는 필사적으로 고개를 흔들었다.
"하지만 아직도 미아 방송이 안 나오는 걸 보면, 유카네 엄마도 아직 미아 센터에 안 가신 것 같아."
"혹시 벌써 집에 갔다거나?!"
"흑…."
분위기를 누그러뜨려보려고 미네타가 던진 가벼운 농담에 소녀의 눈에서 눈물이 왈칵 쏟아졌다.
"미네타, 너 정말!"
"농담이야!! 정말로 돌아갔을 리 없잖아!"
"사려가 부족해."
"조그만 애한테 무슨 그런 농담을 해!"
"크윽, 나도 웬만큼 조그맣잖아! 그렇게 나무라지 마. …앗, 잠깐만 기다려!"
미네타는 앗, 하고 달려가더니 길에서 나눠주고 있던 빨간 풍선을 받아 돌아왔다.
"자! 커다란 사과다!"
말이 그렇다고—라는 미네타의 말을 소녀가 가로막았다.
"아니야! 훨~씬 더 커다란 사과야!"
"사과?"
"응."

이이다의 질문에 고개를 끄덕이는 소녀에게 카미나리는 웃었다.

"바보같이~. 이건 풍선이야. 사과는 과일이고."

"아니야, 빨갛고 동그란 건 전부 사과야!"

헉하고 놀라며 서로 얼굴을 마주보는 네 사람.

"말하자면, 진짜 사과가 아니라 빨갛고 동그란 물체라는 뜻이네?!"

"커다랗고, 빨갛고, 동그란 물체…. 그런 게 있었나?"

토코야미는 카미나리의 말에 아, 하고 떠올렸다. 숲 존에서 본 조각들 사이에 끼어있던 커다란 빨간 구체를.

"—있어. 이쪽이야."

"어?"

걷기 시작하는 토코야미를 보고 소녀가 고개를 번쩍 들었다.

"기다려줘, 토코야미! 자, 유카, 가자!"

빨간 구체 모양의 조형물 앞에는 소녀의 엄마가 걱정스러운 듯 기다리고 있었다.

"—엄마!!"

"유카…!! 어휴, 어디 있었어! 엄마가 얼마나 걱정했는데…."

서로에게 달려간 모녀는 와락 부둥켜안았다. 엄마는 소녀에게서 네 사람에 관한 이야기를 전해 듣고, 몇 번이고 사죄와 감사를 거듭했다.

"아닙니다, 저희는 당연히 해야 될 일을 한 것뿐인걸요. 모쪼록 신경 쓰지 마세요."

"이제 미아 되면 안 된다. 알았지?"

"20년 후에 역헌팅 해줘도 돼."

"……."

"유카, 오빠들한테 고맙습니다, 해야지?"

"오빠들, 고마워!"

그럼 잘 가, 라면서 손을 흔들고 떠나려는 이이다 일행. 그런데 소녀가 "새, 새 오빠"라면서 토코야미에게 달려왔다.

"…왜 그래?"

"저기…, 무섭다고 말해서 미안해…. 유카를 쪼았던 새보다 부리가 더 커서 잡아먹힐지도 모른다고 생각했어."

토코야미는 쭈뼛거리는 태도의 소녀를 보며 훗, 하고 나지막이 웃었다.

"…신경 쓰지 마. 내가 좋아하는 음식은 사과니까."

그 토코야미의 미소에 소녀의 뺨은 사과처럼 확 빨개졌다.

그 이후, 네 사람은 늦은 점심을 먹고 식후 디저트로 또 다시 애플파이를 먹었다. 처음에는 아직 안 먹은 카미나리와 미네타만 먹을 예정이었는데, 토코야미가 또 먹겠다고 해서 이이다도 거기에 휩쓸린 것이다.

"…역시 맛있어."

사과 먹는 배는 따로 있는 것인지, 애플파이를 또 다시 만끽하는 토코야미. 그런 토코야미의 옆에서 이이다가 문득 생각난 듯 입을 열었다.

"아참참, 너희는 이미 감사 편지 썼어?"

"그거? 뭐, 대충 쓰긴 했는데… 정말로 부모님 앞에서 읽어야 되나? 엄청 창피한데."

"아~, 내일 수업참관 말이지? 귀찮아."

맥 빠져하는 미네타에게 이이다가 눈을 번쩍하고 부릅떴다.

"미네타, 귀찮다니 그게 무슨 소리야! 평소 감사하는 마음을 가족에게 전할 절호의 찬스잖아! 난 편지지 40장을 넘겼다고."

"정말로?! 난 2장인데."

"난 1장."

"그렇게 적은 매수로 충분하단 말이야?"

"아예 반장이 대표로 읽으면 되지 않을까? 수업을 반장의 편지 낭독만으로 때우는 거야."

반쯤 황당하고, 반쯤 감탄한 듯 말하는 카미나리에게 이이다는 진지하게 고개를 흔들었다.

"그럴 순 없지. …하지만 지금 이대로 가면 다른 사람들이 읽을 시간을 확실하게 깎아먹겠네…. 흐음, 요점만 추려야겠어…!"

생각에 잠긴 이이다의 옆에서 토코야미가 아쉬운 듯 마지막 한 입을 먹었다. 그때, 근처에서 경비원인 듯한 사람들이 부리나케 뛰어가는 것이 보였다.

"뭐지?"

무슨 일이 있는 건가라며 넷이서 경비원들이 뛰어간 방향을 바라본 직후, 물건이 박살나는 듯한 소리와 비명소리가 들려왔다.

예삿일이 아닌 듯한 낌새에 네 사람은 "가보자"라며 일어나 뛰기 시작했다.

소동의 근원지는 귀신의 집이었다. 뭐야, 뭐야 하고 웅성대며 구경꾼들이 모여 있었다.

"뒤로 물러서세요, 뒤로 물러서세요!"

"아이가 분명 안에 있을 거예요…. 우, 우리 유카가 아직…!"

"유카네 어머니…!"

경비원들에게 필사적으로 호소하고 있는 것은 조금 전에 막 헤어진 소녀의 엄마였다. 이이다 일행은 구경꾼들을 헤치고 뛰어갔다. 헉하고 놀라는 아이의 엄마.

"너희들…."

"도대체 무슨 일이에요?! 유카는…."

그들이 물어보자 아이 엄마는 울먹이듯 얼굴을 찡그리며 말했다.

"조금 전까지 이 귀신의 집에 둘이 들어가 있었어. 그런데 갑자기 유카가 사라지고…그 후에 인형 귀신이…."

이러고 있는 동안에도 안에서는 무언가를 깨부수는 듯한 소리가 들려왔다. 아이 엄마는 "유카!"라면서 귀신의 집을 향해 소리 질렀다. 그러나 대답은 없었다. 아이 엄마는 경비원에게 호소했다.

"안에 좀 들여보내 주세요! 저희 딸을…."

"잠깐만 기다리세요, 지금…, 앗?!"

귀신의 집에서 들려온 소리에 뒤를 돌아본 경비원의 얼굴이 공포로 일그러졌다. 귀신의 집 입구에서 분명 인형임에 틀림없는 귀신이 얼굴을 빼꼼히 내민 것이다. 흔들흔들 움직이는 모습은 마치 살아있는 것 같았다.
"꺄악—!"
"뭐야, 저건…?!"
웅성거리는 구경꾼을 멀찌감치 떼어놓으면서 경비원이 말했다.
"가, 가까이 가지 마세요! 어머님, 지금 히어로를 불렀으니까 조금만 더 기다려주세요."
"하지만…."
안절부절못하며 답답하게 귀신의 집 안을 쳐다보는 아이 엄마.
ZOO 드림랜드는 시내에서 다소 떨어져 있다. 인근에 눈에 띄는 히어로 기획사도 없어, 도착하려면 어느 정도는 시간이 걸릴 것이다.
그런 아이 엄마를 보면서 이이다는 뭔가 결심한 듯이 말을 걸었다.
"유카 어머님, 제가 가서 찾아올게요. 안심하세요."
"뭐?"
어리둥절해하는 아이 엄마를 안심시키듯이 방긋 웃어 보이고, 이이다는 발길을 돌려 구경꾼들을 헤치고 나갔다. 그 뒤를 황급히 따라가는 카미나리 일행.

“잠깐만, 반장. 찾겠다니 뭘 어떻게?”

“당연히 안으로 들어가야지.”

그렇게 말하며 이이다가 우회해서 찾아간 곳은 귀신의 집 뒤편이었다.

“옛날에 우리 형이 개구멍을 발견했거든. 어디 보자, 분명히…. 찾았다, 여기야.”

이이다는 시커멓게 칠해진 땅바닥 가까이에 있는, 작은 창문 앞에 쭈그리고 앉았다.

“우리 형의 명예를 위해 미리 말해두겠는데, 당연히 이 개구멍을 사용한 적은 단 한 번도 없어! 단지, 내가 안에서 넘어지는 바람에 우연히 발견한 거지. 그런데 설마 이런 때에 도움이 될 줄이야…. 오케이, 열렸다. 미안하지만 너희는 여기서 망을 좀—.”

“망볼 필요 없어. 나도 갈 거니까.”

“정말이야? 카미나리.”

“어린 소녀가 안에 덩그러니 남아있다면, 사태는 한시가 급한 거잖아. 게다가 안에서 무슨 일이 벌어지고 있다면, 인원수는 많은 편이 낫지 않겠어?”

“카미나리, 토코야미…. 그래, 망설이고 있을 시간도 아깝다. 자, 가자.”

이이다를 선두로 카미나리, 토코야미가 엉금엉금 기다시피 앞으로 들어간다.

"에잇, 뭐야! 하는 수 없지, 나도 간다! 자기들이 무슨 히어로냐고. 아직 지망생이지!"

이러쿵저러쿵 투덜대면서 미네타도 따라간다.

"우앗, 어두워."

처음에는 아무것도 보이지 않았으나 눈이 익숙해지자 내부의 참상을 알 수 있었다. 본래 통로였을 장소에는 부서진 세트와 장치들이 흩어져있고, 마치 태풍이라도 쓸고 지나간 다음 같았다. 그런 어둠 속에서 무언가가 마구 돌아다니는 소리가 났다. 심지어 여럿인 것 같다.

"뭐야, 귀신 역할 맡은 사람들이 처우 개선 때문에 파업이라도 벌인 거야…?"

센 척하면서도 무서워 벌벌 떨고 있는 미네타의 목소리에 이이다도 표정을 경직시키고 주위를 경계하며 입을 열었다.

"아니, 여긴 어린이용 귀신의 집이야. 인간이 아니라 전부 기계 유령이나 귀신, 요괴로 사람을 놀라게 하는 거지…. 아까 입구에도 있었지? 그런 녀석 말이야."

"그런 게 왜 멋대로 움직이는 거지…?!"

"그런 것보다 어린 소녀를 찾는 게 우선이잖아."

"그야 그렇지만…, 꾸엑?!"

토코야미의 말에 미네타가 대답한 그때, 갑자기 위에서 캇파[일본 설화에 나오는 강에 사는 요괴] 인형이 미네타에게 달려들었다. 어린이용으로 만들어진 애교스러운 인형이, 어슴푸레한 암흑 속에서 정체를 알 수 없는 이형의 섬뜩함을 자아내고 있었다.

"미네타!"

카미나리가 소리치자 동시에 토코야미도 외쳤다.

"다크 섀도!!"

그 순간, 토코야미의 몸에서 새 모양을 띤 그림자가 튀어나왔다. 토코야미의 '개성'이다.

"샤아아아앗!"

다크 섀도는 어둠 속에서 새된 포효를 터트렸다. 그 모습은 영락없이 우리에서 해방된 사나운 금수였다. 포효한 그 기세를 몰아 캇파 인형을 물어뜯고 눈 깜짝할 사이에 파괴했다.

"히익…!"

얼굴 바로 옆에서 캇파가 물어뜯겨 찢어지자 미네타는 다리가 훅 풀려버렸다. 그러나 다크 섀도는 멈추지 않았다.

"좀 더…, 좀 더 사냥감을 내놔…!!"

다크 섀도는 자유로 충만한 어둠 속에서 표적을 찾아 팽창되

었고, 토코야미의 존재 따위는 잊어버린 것처럼 종횡무진 날아다녔다. 다크 섀도는 어둠이 깊으면 깊을수록 공격력이 커지고 사나워지기 때문이다. 공격력이 커지면 그만큼 제어하기 힘들어지는 일면도 있다.

"멈춰, 다크 섀도!!"

"샤아아아앗!!"

다크 섀도는 멈추지 않고, 어슬렁거리거나 파괴행위를 일삼고 있는 인형들을 잇달아 공격하기 시작했다. 귀기 서린 칠흑의 금수가 벌이는 살육 같았다.

"무서워! 토코야미의 펫!!"

미네타의 말에 다크 섀도가 멈칫하더니 천천히 돌아보았다.

"펫이라고…?"

분노를 머금은 목소리에 미네타는 고개가 찢어질 것처럼 붕붕 흔들었다.

"농담, 농담, 농담, 농담! 오히려 주인님?!"

미네타의 말에 다크 섀도뿐만 아니라 토코야미까지 욱해서 입을 열었다.

"「우리는(**는**) 대등해(**해**)…!」"

분노에 차서 미네타에게 달려들려는 다크 섀도. 헉하고 놀란 토코야미가 "안 돼!"라고 말리려 했으나, 질풍처럼 달려드는 그림자는 그보다 빨랐다.

이이다가 카미나리를 향해 소리쳤다.

“방전이다, 카미나리…!”

“아, 알았어!!”

다크 섀도가 미네타에게 달려들기 직전, 카미나리가 몸에 힘을 줘서 방전했다. 눈부신 빛이 일대를 확 감쌌다.

“꺄웅!!”

선명한 빛을 쪼인 다크 섀도가 마치 강아지처럼 쪼그라들었다. 어둠 속에선 강하지만 빛에는 약한 것이다.

“살았다~.”

“잘했어, 카미나리! 계속 방전하고 있어줘. 이로써 유카를 찾기 수월해졌어.”

“알았어!”

“눈부셔~.”

“참아.”

토코야미에게 앵앵 울며 매달리는 다크 섀도.

“유카! 어디 있니?! 있으면 대답해줘!”

그러나 이이다의 부름에 대답은 없었다. 인형도 다 파괴되어 움직이는 물체도 없는 지금, 아무 소리도 나지 않았다.

“없는 것 아냐? 난리 통에 도망쳐 나갔다가, 또 미아가 되어버렸다거나."

"여기 있어."

카미나리의 말에 완전히 얌전해진 다크 섀도가 반론했다.

"정말이야? 다크 섀도."

"어둠 속에 숨어 벌벌 떨고 있어."

"오오, 역시 암흑 속성."

"어디에 있는지 알아?"

"이쪽이야."

다크 섀도가 나아간 곳은 구석진 곳에 있는 우물이었다. 그 앞에 기린 머리띠가 떨어져 있었다.

"이건 유카가 하고 있던 머리띠잖아!"

"이 우물 안이야."

네 사람은 "괜찮니?"라며 우물 속을 들여다보았으나, 안에는 아무도 없었다.

"없잖아."

"있다니까!"

토코야미가 잠시 생각에 잠겨있던 얼굴을 들고 입을 열었다.

"…혹시 '개성'이 발현된 것 아닐까?"

"유카의?"

"응, 어둠에 녹아들거나, 어둠 속에서 사물을 자유자재로 조종할 수 있는 '개성'이. 그런 거라면 갑자기 사라진 것도, 이 참상도 납득할 수 있지."

"'개성'이라. 그렇다면 어쩔 수 없지. 아무래도 갑자기 발현되는 거니까."

"야, 유카! 이제 괜찮아! 나와!"

우물 안을 향해 그녀를 부르는 이이다. 그러나 그곳에는 어둠만이 있을 뿐이었다.

"왜 안 나오는 거지?"

"패닉에 빠진 것 아닐까? 그 왜, 맨 처음 '개성'이 나타났을 때는 가장 먼저 패닉이 오잖아? 나도 깜짝 놀라서 실컷…이 아니라 한껏 방전하는 바람에 온종일 바보가 됐는데…. 이예~이."

카미나리의 한계도 다가오고 있었다.

"나도 너무 뽑아대서 피가 나 패닉에 빠졌지."

"혹시 모습을 드러내는 방법을 모른다거나?"

이이다의 말에 토코야미가 말했다.

"…내가 말해볼게."

우물 속 어둠을 향해 말을 거는 토코야미.

"…진정해. 잔잔한 물결처럼 온화한 정신으로 자신의 존재를 의식하면, 넌 어둠에서 돌아올 수 있어."

토코야미의 표현에 카미나리 일행은 기가 찬 듯 말했다.
"…이예~이, 토코야미. 상대는 유치원생이라는 걸 알고나 있는 거야?"
"좀 더 알기 쉽게 표현하지 않으면 전달되지 않아! 토코야미. 딱딱해, 너무 딱딱해!"
"반장한테 딱딱하다는 소릴 듣다니, 끝났구만, 끝났어."
"그게 무슨 뜻이야? 미네타."
"…알기 쉽게…."
잠시 생각에 잠긴 뒤, 토코야미는 우물 속을 향해 손을 내밀고 말했다.
"—유카, 이 손을 잡아."
그러자 어둠 속에서 어둡고 투명한 소녀의 작은 손이 천천히 나타나더니, 머뭇거리듯이 쭈뼛거리며 토코야미의 손에 닿았다. 토코야미는 그 손을 단단히 맞잡았다. 마치 그 강한 힘에 촉발된 것처럼 어둠 속에서 소녀의 전신이 나타났다.
"새 오빠…."
"이젠 괜찮아."
소녀의 모습에 다행이다, 다행이다, 라며 기뻐하는 이이다 일행.
"엄마가 너무너무 걱정하고 계셔! 빨리 모습을 보여드려야지."
이이다의 말에 소녀가 고개를 작게 흔들었다.
"왜?"
"…엄마가 너무나 무서워했어…. 유카도 무서워…. 혼자서 어두운 데에 있기 싫어…."
눈물을 뚝뚝 흘리는 소녀의 눈을 토코야미는 빤히 쳐다보았다.
"…어둠은 자신의 본성을 폭로하지. 거기에 아무것도 부끄러운 게 없으면 두려워할 필요도 없어."
카미나리가 "표현, 표현!"이라며 어드바이스를 던졌다. 토코야미는 또 다시 생각에 잠겼다.
"그러니까 내 말은…."
그러나 끝내 좋은 생각이 떠오르지 않은 토코야미 대신, 뒤에 숨어있던 다크 섀도가 얼굴을 빼꼼히 내밀며 말했다.
"어둠은 친구야!"
"다크 섀도!"
"친…구…?"
"응, 내 '개성'이야."
난데없이 나타난 다크 섀도에 깜짝 놀라는 소녀. 일순 움찔 몸을 움츠렸으나, 이내 다크 섀도에게 다가갔다.

"안 무서워?"
"…친구라면 괜찮아. 새 오빠도 안 무서운걸?"
"…그래?"
"친구, 친구!"
"…친구!"
말하는 구관조 같은 다크 섀도에게 소녀가 방긋 웃어 보였다.
그 모습을 보고 네 사람도 휴우, 하고 안도한 듯 뺨이 풀어졌다. 이이다가 입을 열었다.
"…자, 그럼 가볼까?"
그 후, 히어로가 돌입하기 직전에 귀신의 집에서 나온 네 사람과 소녀. 이이다가 또박또박 정확하게 사태의 경위에 대해 설명하자, 눈 깜짝할 사이에 소동은 가라앉았다. 파괴된 귀신의 집이 입은 손해는 놀이공원이 가입해있던 '개성' 보험으로 처리된다고 한다.
"정말로 뭐라고 말해야 될지…. 고맙다, 우리 유카를 몇 번이나 구해줘서."
꼭 사례하고 싶다고 말하는 소녀의 엄마에게 이이다는 극구 사양했다.
"아닙니다, 뭘 그렇게까지."
"참고로 그 사례란 몸으로 지불하는, 뭐 그런…?"

"어린이! 어린이 앞이라니까!!"

만에 하나의 가능성에 매달리는 미네타의 입을 카미나리가 황급히 틀어막았다.

"저희는 유에이 고교 히어로과의 학생들입니다. 히어로를 꿈꾸는 사람으로서 당연히 해야 될 일을 한 것뿐이니, 모쪼록 신경 쓰지 마세요!"

그렇게 말하며 가슴을 활짝 펴는 이이다 일행을 보고, 아이 엄마는 찬양하는 눈빛을 보내며 소녀의 어깨에 손을 얹었다.

"미래의 히어로 오빠들이란다, 유카."

"고맙습니다."

꾸벅 고개를 숙이는 소녀. 그럼 잘 가, 하고 떠나려는 토코야미에게 소녀가 후다닥 달려왔다.

"저기…, 있잖아…."

"왜?"

볼을 빨갛게 물들이고 토코야미를 부끄러운 듯이 올려다보는 소녀.

"새 오빠, 꼭 왕자님 같아…. 너무 좋아!"

눈이 휘둥그레져서 놀라는 토코야미. "어머나, 세상에"라고 말하는 아이 엄마. 카미나리와 미네타는 쳇, 하고 얼굴이 어두워졌다.

"역헌팅 정도가 아니라 고백을 받았어!!"

"하나도 안 부러워! 상대는 어린애지, 여자가 아니니까…. 하지만 20년 후에는…. 젠장! 왜입니까? 신이시여…!!"

하늘을 우러르는 미네타의 옆에서 이이다가 소녀를 단단히 타일렀다.

"그랬구나, 유카…. 하지만 교제는 아직 이르단다. 교제는 어른이 된 다음에, 정식으로 부모님 허락을 받은 다음으로. 물론 토코야미네 부모님 허락도 받아야겠지!"

"알았어, 유카 힘낼게! 응? 새 오빠."

반짝반짝 눈부신 미소가 쏟아지자 토코야미는 어딘가 쑥스러운 듯이 얼굴을 찡그렸다.

"…미래의 일은 어둠 속에 있지."

Part.5

아름다운 세 소녀

토코야미를 보며 미네타가 분한 나머지 피눈물을 흘리고 있던 그 무렵, 우라라카 오챠코는 에코백을 한손에 들고 마트를 향해 걷고 있었다.

육구가 달린 손가락을 구부리며 살 물건을 세기 시작했다.

"특가 판매하는 당근에, 양파에 피망, 계란이랑 우유…. 아, 락교는 어떡하노? 울 아빠, 카레엔 락교랑 굴소스인데~…. 아차차! 소스도 없고마…!"

오챠코는 유에이 고교에 다니기 위해 부모님 곁을 떠나 혼자 자취하고 있다. 본가는 건설 회사를 운영하고 있는데, 사업은 순조롭다고 볼 수 없어 경영 상태는 팍팍하다. 그런 와중에도 학교에 보내주신 부모님을 돕기 위해, 오챠코는 히어로가 된 후 돈을 많이 벌어 편하게 해드리고 싶다는 바람을 갖고 있다.

그리고 내일, 수업참관을 위해 아버지가 올라오신다. 교통비도 드니 굳이 안 오셔도 된다고 말했는데, 딸이 열심히 사는 모습을 보고 싶다며 기어이 올라오시기로 했다.

으~음, 하고 고민한 다음 오챠코는 말했다.

"…가격을 보고 비싸면 아빠한테 참으라고 해야지!"

아무리 소중한 부모님이 오신다 해도, 귀한 생활비를 낭비할 수는 없다. 왜냐하면 굴소스나 락교보다 더 중요한 것을 사지 않으면 안 되니까.

오챠코는 에코백에서 마트 전단지를 꺼냈다. 화려한 빨간 글자가 난무하는 지면의 한 귀퉁이에, 수수하지만 반짝반짝 빛나 보이는 까만 글자.

'“쿠도 네모떡 특대 팩, 250엔”…!!'

통상적으로 600엔 전후로 판매되고 있는 그것이 무려 반액 이하 가격이다. 하나하나 진공포장이 되어있어 보존성도 좋고, 사용하기에도 편리하다. 무엇보다 떡은 맛있다. 이것을 놓칠 수는 없었다.

그러나 한 가지 아쉬운 점은 있다. 떡 가격 밑에 붙어있는 ※마크 다음에 조그맣게 적혀있는 한 줄이다.

〈1인당 1개까지〉

“으윽, 쩨쩨하게~!”

그렇게 말하면서 속이 터져 몸부림치는 오챠코.

싸고 좋은 물건을 가급적 많은 이들에게 골고루 나눠주고 싶은 가게의 배려라는 사실은 알고 있다. 알고는 있지만, 향후에 펼쳐질 절약 생활을 생각하면 명랑한 오챠코의 미간에 주름이 갔다.

"최소한 1인당 2개…. 아니, 3개…. 아니, 4개…. 아니아니, 5개…. 에잇, 아예 10개면 어때서!"

특대 떡 팩이 무럭무럭 불어나는 꿈같은 망상에, 오챠코가 자신도 모르게 떨이판매하는 장사꾼처럼 위세 좋게 떠들어댄 순간, 누군가 말을 걸어왔다.

"우라라카, 무슨 일이에요?"

"뭐가 10개야?"

"야오요로즈! 츠유!"

말을 걸어온 것은 같은 반의 야오요로즈 모모와 아스이 츠유였다.

"와아—! 웬일이야? 보기 드문 조합이네!"

휴일의 시내에서 우연히 같은 반 친구들을 만나 흥분한 오챠코에게 야오요로즈가 말했다.

"난 서점에 참고서를 좀 찾으러. 거기서 돌아오는 길에 우연히 츠유를 만났어요."

뒤이어 츠유가 편지 세트가 들어있는 봉투를 가볍게 들어 올려 보여주었다.

"난 모자란 편지지 사러. 그러는 오챠코는?"

"마트에 장 보러! 내일 아빠가 오셔서 식재료 사두려고."

"그러고 보니 우라라카는 혼자 산다고 했죠? 자취를 하다니,

정말 대단하네요. 힘들죠?"

야오요로즈가 감탄한 듯 말하자, 오챠코는 쑥스러워하며 웃었다.

"그렇지도 않아~. 외식하거나 기성품 도시락을 사먹었다간 식비가 엄청나게 들어가니까. 게다가 막 대충 만들기도 하고. 귀찮을 때는 떡 한 개로 때우기도…."

그렇게 말하다가 헉하고 숨을 삼키는 오챠코.

"그렇지, 떡~!!"

갑자기 180도로 돌변해 고개가 축 늘어진 오챠코를 보며, 야오요로즈와 츠유는 서로 얼굴을 마주보았다.

"떡이 뭘 어쨌는데요?"

"그게 말이야…."

오챠코가 떡에 관한 경위를 설명하자 두 사람은 잠시 멍해있더니 이내 까르르 웃었다.

"아까 오챠코가 말한 게 떡이었구나?"

"너무 서슬이 퍼래서 무슨 일인가 했잖아요."

"윽…, 하지만 저렴한 떡을 한 봉지 살 수 있는 거랑 두 봉지 살 수 있는 건 완전 다르데이~. 한 달 연명하는 거랑 두 달 연명하는 것만큼이나 다르다고!"

창피한 듯 얼굴이 새빨개진 오챠코. 그런 오챠코에게 츠유와 야오요로즈가 말했다.
"그럼 떡 사는 걸 도와줄게. 1인당 1개라고 했지?"
"같은 반 친구의 명줄이 늘어난다면 나도 도와줄게요."
"…여신님!!"
같은 반 친구의 하늘의 자비인가 싶을 정도로 고마운 제안에, 오챠코는 자신도 모르게 두 사람을 숭배했다. 두 사람이 말리지 않았다면 본능적으로 무릎을 꿇을 뻔했다.
그 즉시 마트로 향하는 세 사람.
"떡 세 봉지~♪ 떡 삼매경~♪"
깡충깡충 뛸 듯한 기세로 걸어가는 오챠코는, 기분이 너무 좋아서 스스로 제 몸을 허공에 띄우지 않아도 그대로 날아가 버릴 것만 같았다.
오챠코의 '개성'은 제로 그래비티(무중력). 손으로 만진 물체를 공중에 띄우는 것이다. 그리고 그것은 자기 자신도 예외가 아니었다.
"떡 좋아하는구나? 오챠코."
"하지만 떡만 먹으면 질리지 않나요?"
"무슨 소리야? 야오요로즈! 떡에는 무한한 가능성이 있어…! 간장 있죠, 김 있죠, 김 간장 마요네즈 있죠, 버터 간장 있죠, 설탕 간장 있죠, 콩가루 있죠, 낫토 있죠, 낫토 김치 있죠, 낫토 김치 마요네즈 있죠, 무즙 있죠, 떡국 있죠, 단팥죽 있죠, 치즈 있죠."

"그, 그렇게나 종류가 많단 말예요…? 내가 떡을 우습게 봤군요."

"사실 초콜릿도 바르면 이게 또 꽤 먹을 만해."

"떡에 초콜릿을? 어울릴까?"

"상상도 안 가네요…."

"야오요로즈도 상상하지 못하는 게 있구나."

야오요로즈의 '개성'은 "창조". 분자 구조까지 파악하고 있는 풍부한 지식으로, 생물 이외에 다른 물체라면 뭐든지 자신의 몸에서 만들어 낼 수 있다.

"상상하고 싶지 않다는 표현이 더 맞을지도 모르겠네요."

"앗, 떡에 대한 답례로 초콜릿 떡 대접할게!"

"으~음, 가급적 다른 종류라면 고맙겠는데요…."

"난 살짝 먹어보고 싶기도."

"나만 믿어!"

그런 대화를 나누면서 마트에 도착했다. 전국 규모의 체인점으로, 식료품뿐만 아니라 일용품이나 의류 등도 취급하고 있는 큰 점포다.

"자, 가자—! …응?"

"여기가 마트…."

자동문을 지나 쇼핑용 바구니를 든 오챠코와 츠유가 주위를 두리번두리번 둘러보는 야오요로즈를 돌아보았다.

"야오요로즈?"

"아, 죄송해요. 마트에는 거의 와본 적이 없어서 나도 모르게 그만…."

"오오~, 부잣집 아가씨!"

"저, 저기. 이 카트는 안 쓸 건가요…?"

바구니 옆에 놓여있는 카트를 흘낏 쳐다보는 야오요로즈.

"아, 쓸래?"

오챠코가 바구니를 카트에 집어넣었다. 희한한 듯 그것을 바라보는 야오요로즈에게 오챠코가 그 카트를 내밀었다.

"야오요로즈, 밀어볼래?"

"어? 그래도 돼요? 실은 예전부터 좀 궁금했는데…."

살며시 카트를 미는 야오요로즈. "어머나, 매끄러워라! 이건 팔이 피곤하지 않고 편리하군요"라며 흥미로워하는 야오요로즈의 모습에 츠유가 무표정하지만 어딘가 흐뭇한 듯 말했다.

"야오요로즈, 어린애 같아."

"왠지 귀여워!"

오챠코가 동조하며 고개를 끄덕였다. 야오요로즈는 의류 코너를 쳐다보며 입을 열었다.

"어머나, 옷도 팔고 있나요? 마트라는 곳에선."

"한 바퀴 빙 둘러볼까? 아, 그래도 우선은…."

"떡부터 확보해야지."

익히 다녀본 오챠코가 앞장서며 "이쪽" 하고 걷기 시작한다. 야오요로즈가 카트를 밀며, 가는 길에 진열되어있는 채소 등을 신기한 듯 둘러보고 말했다.

"우라라카, 당근이랑 감자를 맘대로 채워 넣으래요! 뭐에 채워 넣는 거예요? 가방?"

"비닐봉지야. 가방에 채워 넣으면 좀도둑이데이!"

웃으며 딴죽을 거는 오챠코. 야오요로즈가 약간 부끄러운 듯이 "그러네요…"라며 얼굴이 빨개졌다가, 문득 생각난 듯이 말했다.

"아참참, 가끔 TV에 나오던데, 좀도둑."

"저녁 뉴스 같은 데에. 물건을 순식간에 이동시키는 '개성' 같은 걸 사용하면 잘 발각되지 않기 때문에 작은 점포들은 애로사항이 많대."

"용서할 수 없어, 작은 가게들은 정말로 근근이 장사하고 있는데."

본가와 겹쳐진 것인지 거친 콧김을 내뿜는 오챠코에게 야오요로즈도 고개를 깊숙이 끄덕였다.

"절도잖아요. 흉악한 범죄만 주목을 모으기 십상이지만 범죄는 범죄니까. 단단히 단속해야죠. 자기만 득 보려는 인간이 너무 많아요."

그 말에 오챠코는 헉하고 숨을 삼켰다.

"—이제 와 새삼스럽지만, 1인당 1개인데 친구한테 부탁해 사들이는 건 괜찮은 건가…?!"

진지하게 고민하는 오챠코에게 야오요로즈와 츠유는 서로 얼굴을 마주보며 생각에 잠겼다.

"…어려운 문제네요…. 아무래도 난 이런 상황이 처음인지라…."

"본가에 있을 때는 가족들과 줄 서서 사본 적은 있지만, 우린 친구잖아? 이런 건 매수처럼 더러운 어른들의 방식 아닌가~?"

"확실히 누군가 많이 산 만큼 다른 누군가는 못 사는… 그런 일이 생길지도 모르지."

냉철한 츠유의 의견에 오챠코는 찢어질 것 같은 마음을 부여잡듯이 양손으로 머리를 움켜잡았다.

"어떡하노…? 히어로 지망생인데 타인의 떡과 자신의 생활비를 저울질하며 흔들리고 있데이…!"

"우라라카…."

"아, 저게 떡 팩 아닌가?"

츠유가 약간 떨어진 장소에 그것으로 보이는 물건을 발견했다. 가까이 가서 보니 대용량 떡 팩이 잔뜩 쌓여있었다.

"오챠코, 이만큼 많으면 괜찮지 않을까?"

"그래요, 이 중에 세 봉지 정도는 큰 바다에 물 한 방울이겠네요."

격려하듯이 말해주는 두 사람에게 일단은 "그, 그렇겠지?"라며 한 봉지를 바구니에 담고 두 번째 봉지에 손을 뻗으려던 오챠코였으나, 휘청휘청 흔들리는 저울 때문에 그 손을 멈추었다.

"윽~, 이랬는데 혹여 이따가 대가족이 우르르 사러 몰려올 수도 있는데…. 떡 파티를 계획하고 있을지도 모르고~…. 크, 아, 하지만 나도 떡 파티 하고 싶은데~…. 으윽, 어떡하지~?"

갈등하는 오챠코에게 츠유가 제안했다.

"그럼 이렇게 하면 어떨까? 좀 더 기다려봤다가 전혀 줄어들지 않았으면 우리도 사는 거야. 약간 줄어들어있으면 나나 야오요로즈 어느 한 사람만 사고. 많이 줄어들어있으면 오챠코만 사는 거지."

"그게 좋겠어요. 팔다 남는 건 이 가게도 피하고 싶을 테니까."
"근데 괜찮겠어? 둘 다 시간은…."
"난 괜찮아."
"저도 상관없어요. 게다가 마트를 둘러보는 건 매우 흥미로운 일이고."
"고마워! 얘들아~."
이리하여 세 사람은 마트 안을 돌며 시간을 때우기로 했다.
과자 코너 등지에서 옛날에 좋아하던 과자에 대한 담론으로 이야기꽃을 피우기도 하면서, 의류 코너로 이동했다.
"아, 그러고 보니 츠유, 편지지라면 혹시 내일 발표할 편지 때문에? 수업참관용."
"파자마까지 비치되어 있군요"라며 완전히 신난 야오요로즈를 흐뭇하게 바라보면서, 문득 생각난 듯 오챠코가 말했다.
"응. 좀 더 써야 되는 부분에서 편지지가 똑 떨어져서. 같은 편지지가 아니면 기분 나쁘잖아? 오챠코는 편지 이미 다 썼어?"
"응! 완벽하게! 야오요로즈는?"
"네? 네, 물론이죠. 그래도 역시 개인적인 편지를 남들 앞에서 낭독하는 건 좀 창피하지만."
"그렇지~? 우리 아빠는 왠지 과장해서 반응할 것 같아, 그쪽도 걱정이야."

쓴웃음을 짓는 오챠코에게 츠유가 말했다.

"그러고 보니 오챠코네 집은 아버지가 오시는구나?"

"응. 사실은 엄마도 오고 싶어 하셨다는데, 열띤 의논과 가위바위 끝에 아빠로 결정됐대."

"화목한 가족이네요."

"그러는 야오요로즈네 집은?"

"어머니요. 그런 행사 등은 전부 어머니가."

"야오요로즈네 엄마라~. 왠지 우아하실 것 같아!"

오챠코는 야오요로즈를 닮은 모친을 상상했다.

"어렸을 때는 종종 친구들한테서 그런 소릴 들었는데, 나한테는 그냥 평범한 어머니예요. 그래도 가정을 탄탄히 지키면서, 자기 자신에게도 긴장감을 풀지 않고 사는 점은 여성으로서 존경하고 있죠."

짐짓 자랑스러운 듯 빙긋 웃던 야오요로즈가 눈살을 찌푸리며 "그런데…" 하고 뒷말을 이었다.

"약간… 덜렁거리는 구석이 있는 게 옥에 티지만…."

"가령?"

"커피와 국수장국을 착각하거나, 치약으로 세수를 하거나, 설탕과 소금을 잘못 넣거나…."

"너무 뻔한데?!"

푸훗―하고 웃음을 터트리는 오챠코.

"완벽한 엄마보다 그런 구석이 좀 있어줘야 친근감이 샘솟지."

"그런가요…? 그러는 츠유는 내일 어떤 분이 오세요?"

"우리 집은 아빠가. 개구리 얼굴이라 금세 알아볼걸…, 개굴?"

불현듯 츠유가 무언가를 감지한 것처럼 오챠코와 야오요로즈의 뒤편을 빤히 쳐다보았다.

"왜 그래?"

"…왜 저러지, 저 사람?"

그 말에 오챠코와 야오요로즈가 뒤를 돌아보았다. 그러자 그곳에는 고개를 숙이고도 마치 경계하듯 주위를 분주하게 두리번두리번 둘러보고 있는 마른 남자가 서있었다. 나이는 스무살 안팎으로 보였다. 자세히 보니 땀을 뻘뻘 흘리고 있다는 것을 알 수 있었다.

"…몸이라도 안 좋은가?"

"그러면 안 되죠, 쓰러지기 전에…."

야오요로즈가 말을 걸려고 발을 한 걸음 내딛으려던 그 순간, 오챠코가 헉하고 숨을 삼켰다.

"—잠깐만 기다려봐. 저긴 속옷 매장 아닌가…?"

남자가 어슬렁거리고 있는 것은 여성 속옷 코너. 여성용 속옷의 핑크나 하양, 검정, 베이지, 보라 등등, 화려한 색채의 꽃밭이었다.

명백히 거동이 수상한 그 모습에, 오챠코 일행은 자신도 모르게 파자마 뒤에 숨었다. 그리고 슬며시 상태를 살펴보았다.

"…혹시 속옷 도둑…?"

긴장하면서 오챠코가 그렇게 중얼거리자, 야오요로즈도 긴장하며 그 뒤를 이었다.

"그럴 가능성은 있지만 단정하기엔 아직 일러요. 어쩌면 여자친구나 부인에게 줄 선물을 고르고 있는 것인지도 모르니까…."

"자기 것일 가능성도 있어, 야오요로즈."

"하, 하긴, 다양한 취향을 가진 분들이 계시니까…."

평소와 같은 태도로 동요하지 않고 중얼거리는 츠유에게, 동요하면서도 애써 침착하게 나지막이 대꾸하는 야오요로즈. 그 옆에서 오챠코는 어지럽고 아찔한 취향의 세계를 망상했다.

"무한한 가능성…."

"…우리 왠지, 좀도둑 사복경찰 같다."

"진짜 좀도둑 사복경찰은… 없는 것 같네요."

남자의 주위에는 척 보기에도 아무도 없었다. 그런 가운데, 파자마 뒤에 숨어 남자를 관찰하고 있는 자신을 돌아보며 오챠코는 약간 긴장하면서도 쓴웃음을 지었다.

"…우리의 지나친 걱정 아닐까? 저 사람은 그냥 구경하고 있는 것뿐일지도 모르는데."

"그냥 구경만 하는 것도 좀 문제가 있다고 보지만. …그래도 확실히 아무것도 훔치지 않았는데 범인 취급하는 건—."

이라고 야오요로즈가 말하려던 그때, 남자가 순백의 팬티를 샥, 하고 주머니 속에 넣었다.

"「"!!!"」"

결정적인 현장을 목격한 세 사람 앞에서 남자는 부리나케 걷기 시작했다.

"도, 도둑이네요…."

"하, 하지만 이대로 계산대로 갈 수도…?!"

"가게 밖으로 나가면 확정이야."

충격적인 장면에 동요한 것인지 작은 목소리로 외치는 야오요로즈와 오챠코에 반해, 츠유는 발소리도 내지 않고 남자의 뒤를 쫓아갔다. 두 사람도 황급히 그 뒤를 따랐다.

제발 그대로 계산대로 직행해 주세요, 변태 씨…라는 오챠코의 기도도 허망하게, 남자는 종종걸음으로 출입구로 향했고

SMASH
1,000
각종 파자마
¥980~
SALE
MY HERO ACADEMIA
나의 히어로 아카데미아

자동문을 통과해 가게 밖으로 나갔다.

“오케이, 확정.”

“거기 가는 사람, 잠깐만 기다려!”

자신에게 달려오는 오챠코 일행을 돌아본 남자는 “우앗” 하고 얼굴이 새파랗게 질리는가 싶더니, 떼굴떼굴 구르다시피 뛰기 시작했다.

“앗, 도망쳤어요!”

“거기 서어엇!!”

“개굴.”

“잘못했어요, 잘못했어요, 잘못했어요~~!!”

남자는 사죄하면서도 멈추지 않았다. 그러나 히어로과에서 평소 단련하고 있는 세 사람은 눈 깜짝할 사이에 남자를 따라잡았다. 그리고 붙잡으려 한 그 순간, 남자가 뜻밖의 행동을 취했다.

“무슨…?!”

화단에 심어져있는 꽃을 확 뽑더니 그것을 우적우적 먹은 것이다.

순간 어안이 벙벙해진 오챠코 일행은 이내 헉하고 놀랐다. 남자의 코에서 노란 공기 같은 물체가 힘차게 흘러나온 것이다. 그것은 눈 깜짝할 사이에 세 사람을 휘감았다.

"노란색 입자…?"

"어쨌거나 들이마시지 않는 편이…, 개굴…."

"크…?! 콜록, 콜록…."

그러나 이미 들이마셔 버린 세 사람을 내버려두고, 남자는 도망치듯 뛰기 시작했다.

"앗, 거기 서…!"

황급히 쫓아가려던 세 사람. 그런데 곧 몸에 변화가 나타났다.

우선 몸이 나른해지는가 싶더니 눈과 코가 간질거리기 시작했으나, 지금은 한창 좀도둑을 쫓고 있는 중. 기분 탓이려니 하고 가려움과 나른함을 꾹 참으며 뛰어가는 세 사람.

그러나 그 증상은 눈 깜짝할 사이에 심해졌다.

눈이 가렵다. 코가 근질근질하다. 아니, 근질근질을 뛰어넘어 울컥울컥 넘어왔다.

"왜, 왠지 나, 갑자기 몸 상태가…. 크, 푸엣취!!"

"눈과 콧속이 가려워~~!! 엣취!"

"이건 혹시… 개굴치, 개굴치!"

결국 참지 못하고 멈춰 선 세 사람은 서로의 얼굴을 쳐다보았다. 새빨개진 눈에 콧물을 훌쩍이면서, 가려움을 참느라 얼굴을 찡그려 도저히 못 봐줄 지경이었다.

“방금 그건 츠유의 재채기? 귀엽다—.”

“푸엣취! 우라라카, 지금은 그런 소릴 할 때가 아니잖아요…. 이 증상은.”

“개굴치! 마치 꽃가루 알레르기 같아….”

“앗, 혹시 아까 그 좀도둑이 내뿜은 노란색 가루가….”

“꽃가루였나 봐요…. 아마도 그런 ‘개성’.”

“꽃을 먹고 코로 꽃가루를…? 헤, 헤, 엣취!! …어?!”

오챠코가 재채기를 한 그 순간, 본의 아니게 한손이 야오요로즈를 건드리고 말았다.

“꺄악…?!”

“제로 그래비티”로 공중에 떠버린 야오요로즈.

“미, 미안해, 지금…. 엣취! 엣취! 엣취! 엣취! 엣취!”

오챠코가 얼른 두 손을 모아 해제하려고 했으나, 멈추지 않는 재채기 때문에 자신도 모르게 코 주위를 감싸게 돼 뜻대로 되지 않았다.

“푸엣취! 푸엣취! 푸엣취!”

그 사이에도 야오요로즈는 재채기의 반동으로 점점 위로 올라갔다. 눈 깜짝할 사이에 가까운 가로수 높이까지 뛰어넘으려 하고 있었다.

“지금 구해줄게.”

그렇게 코 막힌 소리를 내며 츠유가 야오요로즈를 향해 혀를 쭉 뻗었다. 그러나.

"…개굴치! 개굴치! 개굴치!"

거의 닿을 뻔했던 혀가 재채기를 한 반동으로 가까운 가로수에 촤라락 엉키고 말았다. 가지와 줄기에 빙글빙글 엉켜버린 그것은 마치 핑크빛 구렁이 같았다. 그 사이에도 재채기는 멈추지 않았다.

"개굴치! 개굴치! 개굴치!"

"엣취! 엣취! 엣취! 제기랄!"

괴로워하는 츠유와 재채기가 멈추지 않는 오챠코를 보며, 야오요로즈는 공중에 떠있는 와중에도 콧물을 힘차게 들이마시고 자신이 무슨 수를 내야겠다고 결심했다. 그리고 반에서 제일가는 두뇌로 해답을 도출해냈다.

"—꽃가루 알레르기라면, 마스크…!!"

그리고 만들어낸 마스크를 옷 속에서 끄집어냈다.

"여러분! 이걸로 꽃가루를 예방할 수 있어요! 푸엣취!!"

"이미 꽃가루 알레르기가 생겨버려서 예방은 더 이상 무리지! 엣취!!"

"아앗, 내 정신 좀 봐…. 푸엣취! 푸엣취!"

야오요로즈의 지식도 꽃가루 알레르기에 마비되어버렸다.

“엣취…, 해제!!”

오챠코가 재채기를 하면서도 두 손을 모아 간신히 해제시켰다. 그 즉시 야오요로즈가 떨어졌으나, 가로수에 엉켜있던 츠유의 혀가 해먹처럼 그녀를 받아내 구해주었다.

오챠코는 야오요로즈와 함께 가로수에 엉켜있는 츠유의 혀를 풀어주었다.

“고마워…. 이러다 평생 나무에 엉킨 채로 살아야 되는 줄 알았네.”

“나야말로 츠유의 혀 덕분에 살았어요.”

“그렇다 해도 용서 못 해! 그 꽃가루 알레르기 좀도둑.”

분개하는 오챠코에게 고개를 끄덕이는 야오요로즈.

“네, 용서할 수 없어요…. 어라? 그러고 보니 아까보다 증상이 좀 덜해진 것 같기도.”

조금 전까지의 그 맹렬한 가려움과 재채기도 진정되었다.

“일과성이었나 봐.”

“이제 반드시 잡고야 말겠어.”

그러나 남자는 진즉에 사라지고 없었다.

“남자는 저쪽으로 갔어요. 아직 그렇게까지 멀리 가진 않았을 테니 우선 찾아봅시다!”

꽃가루 알레르기의 고통은 세 사람의 분노와 정의감에 불을

지폈다.

남자가 도망친 방향으로 가보니 약간 큰 길이 나왔다. 그러나 그 남자는 보이지 않았다. 세 사람은 걸어 다니는 사람들에게 혹 남자를 보지 못했는지 물어보며 전진했다.

그러나 남자는 좀처럼 찾을 수가 없었다.

"으~음, 정말로 이쪽으로 온 건가?"

"앗, 저 여자 분한테도 물어봅시다. …저어, 실례합니다!"

약속 장소의 표식이 될 만한 시계 밑에서, 주위를 두리번두리번 살펴보고 있는 예쁘장한 긴 머리 아가씨에게 야오요로즈는 말을 걸었다.

"네? 아, 네에."

"혹시 젊은 남자 분 한 명 못 보셨나요? 막 허둥지둥하는…."

갑자기 던진 말에 일순 멍해있던 아가씨였으나, 기억을 떠올리듯 잠시 생각하더니 입을 열었다.

"젊은 남자는 봤지만 딱히 허둥지둥하진 않던데."

"어쩌면 주목을 끌지 않으려고 일부러 자연스럽게 굴고 있을 가능성도 있어."

츠유의 말에, 오챠코는 아가씨에게 손짓 발짓을 섞어가며 설명했다.

"그 남자 분, 혹시 마르고 왠지 심약해 보이는 느낌 아니던가요?! 키는 요만 하고."

"아니, 안경 끼고 통통하던데?"

아가씨의 말에 "그럼 아니네~"라며 실망하는 오챠코.

"왠지 별 도움이 못 돼서 미안하네."

송구스러운 듯 말하는 아가씨에게 황급히 고개를 흔들었다.

"아니에요, 저희야말로 죄송하죠! 실은 꽃가루 알레르기 좀도둑을 쫓고 있는 중이거든요."

"꽃가루 알레르기 좀도둑…?"

"사람을 꽃가루 알레르기에 빠트리는 '개성'을 가진 좀도둑이에요! 언니도 혹시 코로 노란 가루를 내뿜는 남자를 보거든 조심하세요! 그럼 이만."

"아…."

발길을 돌리는 오챠코 일행을 보며 아가씨는 아주 살짝 눈살을 찌푸렸다.

UA

그 이후, 오챠코 일행은 주위를 돌아다니다가 큰 길에서 좀 떨어진 주택가로 들어왔다. 아무래도 피로가 밀려와서, 중간에 찾아낸 작은 공원에서 잠시 쉬려고 들어갔다. 휴일 오후인데도 때마침 틈이 생긴 시간이었는지 아무도 없었다. 비록 작지만 버젓이 화장실도 설치되어 있었다.

"아, 나 세수 좀 하고 올게요. 재채기를 연발했더니."

"나도 씻을래~. 상쾌해지고 싶어."

"난 위장까지 씻어내고 싶다."

화장실로 향하는 세 사람. 그때, 부리나케 남자 화장실로 뛰어 들어가려는 남자와 딱 마주쳤다.

"어?"

"「"앗."」"

그것은 꽃가루 알레르기 남자였다.

시간이 멈춰버린 짧은 순간 후, "「 "「앗~!!!!」"」" 하는 네 사람의 목소리가 공원에 울려 퍼졌다. 그 직후, 남자는 황급히 달아나기 시작했다.

"잘못했어요, 잘못했어요~!!"

"사과한다고 끝날 일이면 경찰도, 히어로도 필요 없지!"

"속옷 훔쳐가는 걸 목격했어요, 포기하시죠!"

"앗, 그쪽은…."

남자가 도망치는 방향을 보고 츠유가 헉하고 숨을 삼켰다. 궁지에 내몰린 남자 앞에는 화단이 있고, 예쁜 꽃이 피어있었다.

남자는 떨리는 손으로 꽃을 뽑아들고 오챠코 일행 쪽으로 돌아섰다.

"제, 제발 부탁이야, 그냥 보내줘…!"

"더 이상 다가오면 또 꽃가루를 뿌리겠다고 협박하는 거군요…! 이 비겁자!"

꽃가루 알레르기의 공포에 오챠코 일행은 순간 주춤했다. 한 번 체험해본 그 고통은 그야말로 고문이었다.

"나, 나한테는 꼭 가야 되는 곳이…, 평생에 단 한 번뿐인 찬스야…! 그러니까."

그렇게 말하며 남자는 꽃을 먹으려 했다. 야오요로즈는 헉하고 생각난 듯 주머니에서 마스크를 꺼냈다.

"우라라카! 츠유! 어서 이걸!"

"이건 아까 만든 마스크?!"

야오요로즈로부터 건네받은 마스크를 차는 오챠코와 츠유. 야오요로즈도 재빨리 찼다.

"그래도 어디까지나 예방이에요! 완벽하게는 막아낼 수 없을지도 몰라요, 그러니까 여러분…!"

그리고 야오요로즈는 작은 목소리로 두 사람에게 작전을 전달했다. 그 즉시 고개를 끄덕이는 두 사람.

"오케이!"

"알았어."

그리고 남자가 꽃을 먹은 직후, 오챠코는 포장된 보도에 두 손을 착 붙였다. 그 즉시 둥실 떠오른 보도는 남자의 발밑을 벌컥 들어올렸다. 남자가 균형을 잃은 그 순간, 들어 올린 마스크 틈새로 츠유의 혀가 쭉 뻗어나가 남자를 촤라락 감았다.

"끄흑."

한심한 목소리를 내며 붙잡힌 남자였으나, 최후의 발악인 양 꽃을 우적우적 먹었다. 그러자 코에서 노란 꽃가루가 나왔다.

"앗, 온다, 꽃가루!!"

"―다 됐어요!"

그런 야오요로즈의 목소리에 오챠코와 츠유가 뒤를 돌아보자, 야오요로즈는 부채를 들고 서있었다. 아무래도 두 사람이 움직이고 있는 동안 상상으로 만들어낸 모양이다.

"꽃가루 따윈 어딘가로 가버리세요!!"

그리고 우아하고 힘차게 부채로 꽃가루를 흩어놓았다. 오챠코는 황급히 그 모습을 손으로 따라하며 물었다.

"차라리 선풍기 같은 게 낫지 않았을까?"

"어디에 콘센트가 있어서요? 게다가 이런 때는 적은 동작으로 바람을 일으킬 수 있는 일본의 부채가 최적이에요."

"옳거니!"

남자는 꽃가루도 날아가고, 포위당해 도망갈 곳조차 잃어버렸다. 마스크를 벗은 야오요로즈가 '창조'로 꺼낸 밧줄을 사용해 남자를 꽁꽁 묶었다.

"자, 점포로 갑시다."

"자, 잠깐만 기다려줘!"

재촉하는 야오요로즈의 말에 당황하는 남자. 츠유와 함께 그의 옆구리를 단단히 붙든 오챠코가 단호하게 말했다.

"깔끔하게 체념하질 못하네."

그러나 남자는 필사적인 태도로 호소했다.

"최소한 전화라도 걸게 해줘…. 소중한 사람이 기다리고 있다고."

"기다리게 만든 원인은 당신이 제공했잖아요! 애당초 당신이 속옷 따윌 훔치는 바람에."

"맞는 말이야…."

반론의 여지도 전혀 없는 야오요로즈의 지적에 남자는 고개를 축 늘어뜨렸다. 그 모습은 마치 비오는 날 버림받은 강아지 같았다.

너무도 풀이 죽은 그 모습에 오챠코는 정 많은 노형사처럼 말을 걸었다.

"형씨, 형씨한테도 가족이 있잖아? 아무리 여성용 속옷이 탐난다 해도 훔치면 쓰나…. 어머니가 우셔…."

"잘못했어…. 팬티는 가게에 돌려주…, 뭐? 여성용 속옷…?"
오챠코의 말에 눈망울이 촉촉해졌던 남자가 어리둥절해했다.
"막상 계산대로 가져가려니 창피했던 거야?"
어리둥절해하는 남자의 모습에 더 어리둥절해하며 츠유가 물었다.
"자, 잠깐만 기다려! 여성용 속옷이라니, 도대체 무슨 소리를 하는 거야?"
당황하는 남자에게 야오요로즈가 살며시 고개를 흔들었다.
"시치미 떼지 않아도 돼요. 이 세상엔 다양한 취향을 가진 분들이 계시니까."
"가끔은 귀여운 속옷을 입고 싶었던 거지?"
응응, 하고 고개를 끄덕이는 오챠코에게 남자는 고개를 세차게 흔들며 말했다.
"아, 아니야…! 내가 훔친 건 하얀 삼각팬티잖아?!"
"틀렸어, 봐봐."
츠유가 남자의 주머니에서 여성용 하얀 팬티를 끄집어내서 남자에게 보여주었다. 그 순간, 남자의 얼굴이 새파랗게 질렸다.
"내, 내가 원한 건 뭐라도 좋으니 평범한 남자 팬티였다고! 다급한 마음에 하얀 삼각팬티인 줄로만 알고…. 아니, 난 평소엔 사각팬티를 즐겨 입지만!"

"어지럽고 아찔한 취향을 가진 사람이 아니었구나."

그렇게 말하는 츠유의 말에 "난 또~"라며 무슨 이유인지 약간 아쉬워하는 태도의 오챠코.

"…그렇다 해도 훔쳤다는 사실이 달라지는 건 아니에요."

"왜 속옷이 필요했던 거야?"

남자는 세 사람이 물끄러미 쳐다보자, 웅얼웅얼하고 말하기 껄끄러운 듯이 입을 열었다.

"…입고 있던 속옷이 더러워져서…."

"뭐?"

남자는 눈물을 글썽이며 말했다.

"대학에 입학하고 첫눈에 반한 그녀…, 미유키 씨에게 간신히 데이트를 신청했어. 4년 내내 짝사랑해온 미유키 씨와 데이트 할 수 있다고 생각하니 벌써 사흘 전부터 잠이 안 오더라고…. 오늘은 긴장감 때문에 아침부터 배가 아파서…, 약속 시간 전에 화장실에 다녀오려고 했는데 좀처럼 찾을 수가 없어서…. 그래서… 살짝, 아주 살짝 지려버렸거든…."

"아—…."

남자의 고백에 어떻게 반응해야 될지 몰라서, 세 사람은 애매하게 고개를 끄덕였다.

"그런 더러운 속옷을 입은 채로 그녀를 만날 순 없잖아?! 속옷을 버리고 새 속옷을 사려고 했는데…, 지갑을 집에 두고 왔다는 걸 깨닫고…."

"아이고—."

자신도 모르게 이마에 손을 갖다 대는 오챠코.

"시간은 거의 다 됐지, 빨리 어떻게든 해야 된다고 패닉에 빠져서, 나도 모르게 그만—."

야오요로즈는 동정하듯이 고개를 작게 흔들었다.

"…안타까운 불행이 겹친 끝에 저지른 범행이었군요…. 하지만 그렇다고 해서 범죄를 저질러도 좋은 이유가 되진 않아요."

"근데 굳이 안 입어도 되잖아요? 바지를 입고 있으면 어차피 모를 텐데?"

고개를 갸웃거리는 츠유에게 남자는 소리쳤다.

"미유키 씨 앞에 팬티도 안 입은 차림으로 나서다니, 그런 무례한 짓은 못 하지…!"

남자의 복잡한 연심에 세 사람이 그래도 그건 좀 아니라고 생각하던 그 순간, 불과 조금 전에 들어본 목소리가 들려왔다.

"딱히 팬티를 안 입어도 상관없는데."

세 사람이 뒤를 돌아보자, 아까 그 시계 밑에 있던 긴 머리의 아가씨가 공원 입구에 서있었다.

"미, 미유키 씨…!"
남자가 소스라치게 놀라 소리쳤다.
"어? 미유키 씨라면…!"
"데이트 상대?!"
남자보다 더 놀라는 오챠코와 야오요로즈. 그 옆에서 츠유는 "어머나"라며 아주 약간 놀라워했다.
"역시 스즈키였구나. 아까 너희가 말한 꽃가루 좀도둑이라는 게…."
그렇게 말하며 천천히 다가오는 여자. 남자는 울음을 터트릴 것처럼 당황하며 도망치려 했으나, 꽁꽁 묶여있는 바람에 꼴사납게 넘어지고 말았다.
"미안해, 이야긴 다 들었어."
자신들보다 약간 어른인 커플이 아수라장 같은 싸움을 시작할 것 같은 예감에 오챠코는 당황하고, 야오요로즈는 긴장하고, 그리고 츠유는 그저 말없이 지켜보는 수밖에 없었다.
"미, 미안해, 미유키 씨…! 내, 내가…. 기껏 데이트에 OK 해 줬는데…. 난 더러운 팬티만도 못한 놈이야…. 쓰레기통에 버려줘…."
"…팬티를 입었든 안 입었든, 똥을 지리든 안 지리든, 더러운 팬티든 간에… 스즈키는 스즈키야. 심약하고 언제나 쭈뼛거리고…. 그래서 신경 쓰여 그냥 내버려둘 수가 없지."

"미, 미유키 씨…."

남자를 일으켜 세우며 부드럽게 미소 짓는 여자. 이 뜻밖의 전개에 오챠코와 야오요로즈뿐만 아니라, 츠유의 눈까지 놀라 휘둥그레졌다.

"그래도 범죄는 안 돼. 같이 사죄하러 가자."

"어…? 그래도 되겠어?"

"말했잖아, 그냥 내버려둘 수가 없다고."

"미유키 씨…!"

급전직하. 뭐가 어떻게 된 것인지는 모르겠지만 아무튼 사랑이 성취된 것 같다.

그리하여 남자와 여자는 오챠코 일행에게 고맙다고 인사한 후, 마트로 떠나갔다.

두 사람의 모습이 시야에서 사라지자, 오챠코와 야오요로즈는 푸욱, 하고 깊은 한숨을 내쉬었다.

"왠지… 피곤하다…!"

"네에, 정신적으로도…."

"하지만 좀도둑도 잡았고, 저 남자의 연애도 잘 풀릴 것 같으니 잘된 일 아닌가?"

천연덕스럽게 말하는 츠유에게 오챠코가 말했다.

"결과적으로 해피엔딩이다? 하긴, 좀 한심해 보이는 남자와 야무진 여자라, 잘 어울리는 한 쌍이었던 것 같기도."

"그래도 난 잘 모르겠어요."

"뭐를?"

"그 여자 분의 마음이요. 남자는 좀 더 의연한 게 낫지 않나요? 그렇게… 응가를 지린 것도 모자라 절도까지 하는 남자에게 환멸은커녕, 그냥 내버려둘 수가 없다니…."

당최 이해할 수 없다는 듯이 고개를 흔드는 야오요로즈.

"그냥 내버려둘 수 없다는 건 뭔지 알 것 같아. 걱정 차원에서."

그렇게 말하면서 오챠코는 문득 맨 처음 이즈쿠를 만났을 때 일을 떠올렸다.

부스스한 머리에 커다란 배낭을 짊어지고, 다리가 우스울 정도로 후덜덜 떨리고 있었다. 그런 그의 모습이 열심히 해야지, 라며 어느새 힘을 꽉 주고 있던 오챠코의 긴장을 풀어주었다. 그래서 그가 넘어질 뻔했을 때, 자신도 모르게 손을 내민 것이다.

—그 후로는 항상 도움만 받고 있지만.

"오챠코? 왜 그래? 뭘 떠올리며 웃는 거야?"

자연스럽게 풀어진 듯한 뺨을 가리고, 오챠코는 "아무것도 아니야"라며 고개를 흔들었다.

"하지만 그렇게 손이 많이 가는 남자가 타입인 여자도 꽤 많지 않나? 못난 남자를 좋아하는 사람."

"별의별 타입이 다 있구나."

"내가 과연 더러운 팬티를 사랑할 수 있을까요…?"

그렇게 말하며 불안한 듯 뺨에 손을 갖다 대는 야오요로즈.

"더러운 팬티는 버리는 게 낫지."

츠유가 냉정하게 말하자 오챠코가 해맑게 그 뒷말을 이었다.

"깨끗하게 빨면 되지 않을까?"

"팬티 자체에 대한 이야기가 아니고요…."

야오요로즈가 난감한 듯 얼굴을 찌푸린 그때, 오챠코의 배에서 꼬르륵 소리가 났다.

"하아—, 피곤하니 배가 고프네…. 앗—!! 떡!!"

기억해내고 소리치는 오챠코. 쇼핑용 바구니는 의류 코너의 파자마 매장에 방치해둔 상태다.

"까맣게 잊고 있었네요. 떡이 아직 남아있어야 될 텐데…."

"가보자."

"응!"

"지금 같아선 초콜릿 떡도 먹을 수 있을 것 같아요."

"나만 믿어!"

세 사람은 즐겁게 떡을 생각하며 마트를 향해 뛰기 시작했다.

—당장 내일, 자신들에게 닥칠 사건 따위는 눈곱만큼도 모르고.

Part. 6

1-A : 수업참관

―그리고, 수업참관 당일.

이즈쿠가 1-A 교실에 들어서자, 츠유와 그 옆자리에서 즐겁게 이야기를 나누고 있는 오챠코가 보였다.

"오늘은 카레 떡을…. 앗, 안녕! 데쿠."

"미도리야, 어서 와."

"안녕. 우라라카, 츠유."

오챠코의 화사한 스마일에 이즈쿠는 살짝 뺨을 붉히면서 인사를 던졌다. 많이 익숙해지기는 했지만 여자와 이야기할 때는 묘하게 마음이 불편하다.

"오늘은 참관일인데~. 데쿠네 집은 누가 와?"

"엄마가. 왠지 긴장하고 계시더라."

"우리 아빠도!"

"긴장이란 전염되는 거라서."

그렇게 쓴웃음을 지으며 교실 뒤편을 지나 창가에 있는 자기 자리로 향했다. 여느 때와 똑같은 교실이지만 어딘가 들떠있는 듯한 분위기다. 여기저기서 누가 온다는 둥, 부모가 어떻다는 둥의 이야기로 열을 올리고 있었다.

'수업참관은 역시 좀 쑥스럽다니까.'

평소에 내가 다니는 학교에 부모님이 찾아온다. 학교와 집, 서로 동 떨어져 있는 두 개의 일상이 합쳐지는 것은 비일상적인 사건이다.

그러나 쑥스럽지만 그들이 보러 와주는 것은 싫지 않다. 오히려 어딘가 우쭐한 기분이 든다. 줄곧 가길 원했던 유에이 고교에서 열심히 노력하고 있는 모습을 보여주고 싶은 것은 분명 자신뿐만이 아닐 것이다.

'아, 근데 편지 읽어야 되지…?'

히어로 회고전에서 돌아온 뒤에 쓴 편지. '열심히 하겠다'느니, '걱정 끼쳐서 미안하다'느니, 결국 무난한 내용이 되고 말았지만 솔직한 마음을 담았다. 하지만 솔직하기 때문에 더욱 쑥스러웠다.

이즈쿠가 미묘한 표정으로 한숨을 내쉰 순간, "왜 그래?"라며 누군가 말을 걸어왔다.

"아, 토도로키. 왔어?"

"응."

이즈쿠는 부족한 듯한 표정으로 자신을 빤히 쳐다보는 시선에, 토도로키가 아까 던진 질문의 답을 기다리고 있다는 사실을 깨달았다.

"아아, 아무것도 아니야. 그냥 편지를 읽으려니 좀 쑥스러워서."
"그렇지, 뭐."
그것은 누구나 다 그렇다는 뜻인가, 라고 생각하며 이즈쿠는 물었다.
"토도로키는 편지 썼어?"
"응, 일단 누나한테."
"누나가 오시는구나?"
"응."
"그래?"
무덤덤한 토도로키의 대답에 이즈쿠가 빙긋 웃었다. 그때, 토도로키의 앞자리에 앉은 토코야미와 이야기를 나누던 이이다가 그를 알아보고 말을 걸어왔다. 미네타와 카미나리도 함께였다.
"안녕! 미도리야! 오늘은 수업참관하기에 참 좋은 날씨구나!"
"안녕…. 앗, 어제 놀이공원은 어땠어? 못 가서 정말 미안해!"
앗, 하고 문득 떠올린 이즈쿠에게 이이다는 방긋 웃으며 고개를 흔들었다.
"신경 쓸 것 없어. 여러 가지 해프닝도 있었지만 실컷 만끽했으니까. 그렇지? 토코야미!"

"으응…."

진지하게 고개를 끄덕이는 토코야미. 그런데 미네타가 중대한 고발을 하듯이 말했다.

"내 말 좀 들어봐, 미도리야! 토코야미가 실은 로리콤이었어…!"

"뭐엇?"

"뭐…? 헛소리 내뱉지 마…!"

놀라는 이즈쿠의 모습에 카미나리가 쓴웃음을 지었다.

"아냐. 그런 게 아니고, 토코야미가 유치원생한테 고백 받은 거야."

"어? 어쩌다가?"

"뭐, 그건 설명하자면 길어지지만, 만남이란 과연 어디에 굴러다니는 건지 모르겠더라. 하지만 우선 확실하게 말할 수 있는 건 토코야미는 로리콤이 아니라는 거야."

정확하게 정정하는 이이다를 미네타가 물고 늘어졌다.

"아냐, 20년 후엔 모르는 일이지! 아니, 오히려 지금부터 이상적인 여자로 키워보려는 히카루 겐지['겐지모노가타리'의 주인공. 어린 조카 무라사키를 어린 시절부터 차근차근 가르쳐서 나중에 신부로 삼는다]계획을 발동시킬 요량인 건…!"

토코야미가 경멸에 찬 눈빛으로 입을 열었다.
"그러고 싶은 건 미네타, 너잖아."
"그래, 할 수만 있다면 하고 싶다!! 범죄가 안 되는 아슬아슬한 선에서!"
"미네타는 아슬아슬하게 아웃일걸?"
아침부터 욕망을 훤히 드러내는 미네타에게, 토도로키 옆자리에서 야오요로즈와 이야기를 나누던 지로 쿄카가 귓불에서 늘어져 있는 코드 같은 물체를 출렁이며 뒤돌아보고 말했다. 지로의 '개성'은 "이어폰 잭". 귓불에서 뻗어 나온 잭을 꽂아 자신의 심장소리를 퍼트릴 수 있다.
"시끄러, 빨래판은 가만히 있어."
"뭐엇?!"
미네타에게 코웃음을 사자 악귀 같은 형상으로 변한 지로를 보며, 이이다가 고개를 갸웃거렸다.
"빨래판? 그게 뭔데?"
"납작한 가슴을 말하는 거야."
"카미나리, 그런 설명하지 마. 이이다도 듣지 말고!"
"그렇다니 미안해. 하지만 가슴은 가슴일 뿐이잖아. 크든 작든 신경 쓸 것 없지."
이이다의 말에 야오요로즈도 동의하며 깊이 고개를 끄덕였다.

"그래요, 지로."

그렇게 말하는 야오요로즈의 가슴은 훌륭하다. 완전 왕가슴이다.

"야오모모한테서 그런 소릴 들어봤자."

"그딴 것보다 초콜릿 떡…, 이게 또 의외로 먹을 만하더라고요!"

"정말로~?"

'초콜릿 떡…?'

문득 들려온 기묘한 조합을 기이하게 여기면서 이즈쿠는 자리에 앉았다. 이제 곧 아침 조례가 시작될 시간이다. 정확한 시간에 맞춰 아이자와 선생님이 찾아올 것이다.

—그랬어야 했다.

"아이자와 선생님이 안 오시네?"

습관적으로 잽싸게 자리에 앉아있던 전원이 주목했으나, 시작종이 다 울리고도 문은 열리지 않았다. 맨 앞줄에 앉은 하가쿠레의 말에 츠유가 "개굴" 하며 고개를 갸웃거렸다.

"지각인가?"

"뭐? 견본이 되어야 마땅한 교사가 지각이라니—! 이건 유에이 고교를 뒤흔들 만한 심각한 사태야, 얘들아!!"

일대 사건이라며 이이다가 벌떡 일어나 팔을 기관차처럼 붕붕 휘두르고 소리치자, 토코야미의 앞자리에 앉은 호리호리한 학생, 세로 한타가 그를 달래듯이 말했다.
"뭐—, 아이자와 선생님도 아이자와 선생님이기 이전에 인간이니까. 가끔은 이런 일도 있을 수 있지 않을까?"
"하지만 세로! 우리가 지향하는 히어로란 촌각을 다투는 존재라고!! 도움을 필요로 하는 사람에겐 목숨이 달린 시간인데…. 단 1초라도 지각은 큰 죄야!"
점점 더 열을 내는 이이다를 바라보며 이즈쿠는 생각했다.
'확실히 희한한 일이기는 하네. 아이자와 선생님이 지각이라니….'
USJ에서 빌런의 공격으로 중상을 입은 후에도, 붕대를 칭칭 감은 몸으로 아이자와 선생님은 여느 때처럼 교실을 찾아왔다.
"—무슨 일 생겼나…?"
이즈쿠의 중얼거림에 앞자리에 앉은 바쿠고가 혀를 차더니 앞을 향한 채로 입을 열었다.
"구시렁거리지 좀 마, 이 썩을 놈아."
"미안해, 캇짱. 그래도."
바쿠고는 이즈쿠의 말을 들을 생각도 없다는 듯이 여전히 앞만 바라보고 있었다.

'…좀 늦었기로서니 지나치게 걱정하는 건가? 좀만 더 있으면 분명 오시겠지.'

그러나 아침 조례의 종료를 알리는 벨소리가 끝나고도 문은 열리지 않았다.

역시나 이상하다며 교실이 술렁이기 시작했다. 야오요로즈가 의아한 듯 입을 열었다.

"―그러고 보니 이제 슬슬 보호자들이 오고도 남을 시간 아닌가요?"

"그러게. 하지만 시작되려면 시간이 좀 더 남아있으니…."

세로의 옆자리에 앉은 키리시마가 잠시 생각하다가 객관적으로 대답했다.

"그래도 아직까지 한 명도 모습을 드러내지 않는 건 좀…."

눈살을 찌푸리며 뒷말을 잇는 야오요로즈에게 지로가 말했다.

"어딘가에서 헤매고 있다거나?"

"유에이는 워낙 넓으니까―."

검은 안구, 핑크빛이 감도는 보라색 피부와 머리카락. 그리고 머리에 더듬이 같은 물체가 돋아나 있는 아시도 미나가 해맑게 웃으며 말했다.

"오케이, 내가 반장으로서 교무실에 다녀올게. 너희는 그대로 대기하고 있어."

이이다가 그렇게 말하며 교실을 나서려던 그때, 모두의 휴대 전화가 일제히 울렸다.

"뭐지?"

이즈쿠도 황급히 휴대 전화를 확인했다.

"아이자와 선생님이다—!"

아이자와로부터 들어온 메시지는 『지금 당장 모의 시가지로 와라』라는 내용이었다.

모의 시가지란 시가지를 본뜬 연습장이다. 입시 실기시험도 여기서 이루어졌다. α(알파)부터 σ(시그마) 구획까지 있고, 각각이 하나의 동네만큼 크다.

"시가지? 왜…?"

"…앗, 나 알았다! 아이자와 선생님, 그쪽에서 한꺼번에 수업을…. 그러니까 편지 낭독과 시설 안내를 같이 하려는 것 아닐까?! 합리적으로!"

머리 위에 전구라도 뿅, 하고 떠오른 것처럼 생각을 떠올린 카미나리.

합리적인 아이자와 선생님이라면 그럴 수도 있겠다며 모두가 고개를 끄덕이고, 마지못해 이동하기 시작했다.

"그런 거라면 어쩔 수 없지…. 얘들아, 편지 잊지 말고 챙겨!"

이이다가 솔선하듯 인솔해 승차장에서 대기하고 있던 버스에 올라탔다. 유에이 고교는 워낙 광대해서, 각 시설 행 버스가 있다. 광대한 부지 안을 버스에 실려 흔들흔들 나아간다.

"처음부터 거기에 집합시킬 것이지. 귀찮게스리~."

"하하…."

이즈쿠는 옆으로 쭉 늘어선 시트에 앉아 왼쪽 옆에 앉은 미네타의 솔직한 불평을 듣고 쓴웃음을 지었으나, 문득 마음이 찜찜해져 생각에 잠겼다.

"왜 그래? 미도리야."

오른쪽 옆의 이이다가 말을 걸어오자 이즈쿠는 망설이면서도 입을 열었다.

"으응…. 이렇게 이중으로 수고하는 짓을 과연 아이자와 선생님이 하실까 싶어서."

"하긴, 아이자와 선생님답진 않지."

눈을 연신 끔뻑거리면서 이이다도 고개를 끄덕였다. 그 옆에 앉아있는 토도로키도 딱히 아무 말 없이 이야기를 듣고 있었다.

합리적인 것이 모토인 아이자와 선생님이라면 사전에 모든 것을 준비해둬야 정상이다.

"미도리야, 걱정이 지나쳐, 걱정이! 그러다 대머리 된다? 분명 깜빡하신 거겠지, 덜렁이 아이자와."

"무슨 덜렁이 하치베[사극 '미토 코몬'에 등장하는 가공의 인물]도 아니고!"

맞은편 자리에서 푸훗—하고 웃음을 터트리는 오챠코 옆에서 츠유가 말했다.

"그 말, 아이자와 선생님 앞에서 할 수 있어? 미네타."

"절대로 말 안 할 거니까, 절대로 말하지 마!"라며 당황하는 미네타를 곁눈질로 쳐다보다가 이이다가 헉하고 입을 열었다.

"혹시, 뭔가 선생님 나름대로 생각이 있으신 것 아닐까?"

"생각?"

"그래, 히어로가 불려가는 순간은 언제나 갑작스럽잖아. 그래서 그 즉흥적인 대응을 지금부터 훈련하려는 거라든가?"

"아아, 그건 가능할지도."

토도로키가 무표정하게 중얼거리는 옆에서, 이이다가 작게 하품을 했다.

"졸려? 별일이네."

"아아, 미안. 진동에 흔들리다 보니 나도 모르게 그만…. 어제 밤을 샜거든. 편지가 너무 길어 시간을 잡아먹어선 안 되잖아? 40장에서 간신히 20장까지 줄여봤어."

"줄인 게 그 정도야?! 아니, 20장이나 쳐낸 것도 대단하지만!"

깜짝 놀라는 이즈쿠에게 이이다는 진지한 태도로 고개를 흔들었다.

"더는 줄일 수 없어…. 감사의 마음이 너무 꽉꽉 담겨서 이젠 한 글자도 더 쳐낼 수 없거든…!"

"어쩐지 주머니가 볼록하더라니."

태연자약한 토도로키의 말마따나, 이이다의 편지가 들어있는 주머니는 빵빵했다. 이이다가 끄집어낸 두둑한 봉투를 보며 "내 지갑도 그 정도로 빵빵했으면~" 하고 웃는 오챠코.

그 천진난만한 미소에 이즈쿠도 덩달아 따라 웃었다.

'—역시 지나친 걱정인가?'

그리고 자신이 써온 편지를 슬그머니 꺼냈다. 빵빵하지는 않지만 정성스럽게 썼다.

'우리 엄마, 손수건 가져왔나?'

원체 눈물 많은 엄마니까, 편지 내용이 객관적으로 썩 대단한 내용이 아닐지라도 울음을 터트릴지 모른다. 그런 모습을 상상하며 이즈쿠는 괜찮을까 걱정하며 쓴웃음을 지었다.

—그러나 그 상상이 결국 상상으로 끝나버릴 거라는 사실을 이즈쿠는 아직 모르고 있었다.

모의 시가지의 버스 정류장에 도착했다. 그러나 그곳에 아이자와의 모습은 없었다. 버스는 원래 왔던 길로 돌아갔다.

"이 안에서 기다리고 있다는 뜻이겠지. 자, 얘들아. 가자!"

"…뭔가 냄새가 나는데."

이이다가 팔을 번쩍 들어 모두를 인도하려던 그때, 쇼지 메조가 자신의 커다란 촉수 끝에 코를 복제하고 있었다. 씰룩씰룩 냄새를 맡듯이 움직이는 코. 쇼지의 '개성'은 "복제 팔". 커다란 막이 펼쳐진 촉수에 몸의 다른 부위를 복제할 수 있다.

"나, 난 아니야!"

"그게 아니라…, 휘발유 같은 냄새야."

"어디선가 교통사고 현장 같은 연습이라도 한 것 아닐까?"

카미나리가 그렇게 말한 직후, 작은 비명소리가 들려왔다.

"뭐야?"

그 비명이 채 그치기도 전에 다른 사람들의 고함소리도 들려왔다.

황급히 소리가 난 쪽으로 달려가기 시작하는 이즈쿠 일행. 빌딩이 쭉 늘어서 있는 도로를 뚫고 달려간다.

이즈쿠는 달리면서, 버스 안에서 느낀 불길한 예감이 급격하게 되살아나는 것을 느꼈다. 휘발유 냄새가 점점 진해지고 있었다.

그리고 그 예감은 적중했다.

"크…. 뭐야, 저건…?"

멈춰 선 키리시마가 망연자실하게 중얼거렸다.

갑자기 뻥 트인 시야 앞에는 공터가 펼쳐져 있었다. 본래 그곳에 있어야 되는 빌딩은 붕괴된 것인지, 돌무더기가 옆에 무참하게 깔려있었다.

빌딩이 서있던 곳에는 거대한 구멍이 생겼다. 반경 수십 미터는 되어보였다.

그리고 그 구멍 중앙에 덩그러니 남아있는 커다란 주사위 같은 철창 감옥. 언뜻 공중에 떠있는 것처럼 보이는 것은, 마치 통째로 베어 먹은 사과의 심지처럼 도려나간 탑 같은 지면 위에 철창 감옥이 놓여있었기 때문이다.

철창 감옥 속에서 터져 나오던 비명소리는 이내 의미 있는 말들로 변했다.

"오챠코—!!"

"아빠?!"

"쇼토…."

"크…."
"텐야…!"
"엄마…!"
"이즈쿠…!"
"—어, 엄마…?"
감색 정장을 입은 모친의 모습에 이즈쿠는 헉하고 숨을 삼켰다.
철창 속에 사로잡혀 있는 것은 학생들의 보호자들이었다. 저마다 겁에 질린 듯이 철창 안에서 자식들의 이름을 불러댔다.
황급히 다가가려고 구멍의 가장자리로 뛰어간 학생들.
"크, 냄새…. 휘발유…?!"
오챠코가 구멍 속을 들여다보고 얼굴을 찡그렸다. 구멍의 깊이는 8~9미터 정도 되고, 그 밑바닥에는 액체가 둥둥 뜨다시피 고여 있었다.
"뭐야, 이건? 왜 부모님들이 저런 곳에…."
"그보다 아이자와 선생님은?!"
이때, 술렁이는 학생들을 싸늘하게 달래듯이 기계적인 목소리가 들려왔다.
"아이자와 선생은 지금쯤 잠들어있을걸? 어두운 땅 속에서."
기계를 써 무기질적으로 변성된 목소리였으나 명백한 적의가 담겨있었다. 이즈쿠 일행은 그 즉시 경계 태세를 취했다.

"어두운 땅 속이라면…."

"아이자와 선생님이 당했단 말이야…?"

"거짓말! 뭔가 농담인 거지? 만우절은 이미 지났다고! 그보다 넌 누구야?! 모습을 드러내!"

"소란 피우지 마라. 농담이라고 믿고 싶거든 그렇게 하든가. 하지만 인질이 있다는 걸 잊지 마."

"인질…."

갑작스러운 사태를 머리가 미처 따라잡지 못하고 있었으나, 그럼에도 사태를 파악하고자 이즈쿠는 목소리의 주인을 찾아 주위를 둘러보았다. 그것은 이이다와 토도로키도 마찬가지였다.

그런 이즈쿠 일행에게 촉수로 귀를 복제한 쇼지가 말했다.

"틀렸어, 이 주변이 아니야. 목소리는 저 철창 안에서 나고 있어."

"안에서…?"

"그렇다. 난 이곳에 있다."

마치 그 목소리를 신호로 삼은 듯이 두려움에 벌벌 떨며 물러선 보호자들 뒤에서, 숨어있던 검은 사람 형태의 그림자가 나타났다.

"큭?!"

후드가 달린 검정 망토에 검정 풀 마스크를 뒤집어쓴 인물. 키가 큰 남자였다. 주위의 보호자들은 철창 구석으로 도망쳤다.

이즈쿠는 그 광경에 몸을 경직시켰다.

'—뭐지, 이건? 도대체 왜 뭐가—.'

"—큭."

이 이상사태를 보고 이이다가 기회를 엿봐 살며시 휴대 전화로 연락을 취하려고 한 그때, 남자가 말했다.

"미리 말해두겠는데 외부에도, 학교에도 연락은 취할 수 없으니까 양해하도록. 아아, 물론 거기에 있는 덴키의 '개성'으로도 소용없고."

남자가 카미나리 쪽을 바라보았다.

"정말이야? 젠장…."

'우리에 대해 알고 있잖아…?'

의아해하는 이즈쿠 앞에서 남자는 계속 말했다.

"도망쳐서 외부에 도움을 요청하러 가는 것도 금지다. 도망치면 그 학생의 보호자부터 그 즉시 처치하겠다."

그때, 감옥 안에서 떡 벌어진 체격에 사람이 좋아 보이는 오챠코의 아버지가 철창을 붙잡고 철컹철컹 흔들며 소리쳤다.

"안 되겠데이! 철창이 너무 튼튼해가 도저히 어쩔 재간이 엄따—!!"

"아, 아빠!!"

오챠코는 구멍 가장자리에 서서 불안에 떨며 소리 지르는 것밖에 할 수 없었다.

"사, 살려다오. 모모…!"

"어머니가 저렇게 이성을 잃으시다니…, 마음 단단히 먹으세요…."

놀라서 어찌 할 바를 모르는 탓인지, 다소 책 읽듯이 도움을 요청하는 어머니의 목소리에 야오요로즈는 동요했다. 야오요로즈의 엄마 옆에서 정장 차림을 한 츠유의 아버지가 울부짖었다.

"개골! 개골!"

"위험 사운드…, 개굴…."

평소에 늘 침착한 츠유의 불안한 울음소리에 스멀스멀 불안감이 확산되기 시작했다.

아이자와 선생님이 당했을지도 모른다.

부모님들이 인질로 잡혀있다.

—이것은 현실이라고.

"엄마…."

철창 안에서 불안한 듯 눈물을 글썽이고 있는 엄마를 보며, 이즈쿠는 핏기가 싹 가시는 것을 느꼈다.

"왜…, 왜 이런 일이…?!"

그런 이즈쿠 일행을 궁지에 몰아넣듯이 남자의 목소리가 울려 퍼졌다.

"난 유에이에서 탈락했다. 유에이에 들어가 히어로가 되는 것만이 나의 전부였는데. 우수한 내가 떨어지다니, 이 세상은 잘못됐어. 세간 사람들 눈에 난 한낱 낙오자. 그런데 너희에겐 밝은 미래만이 기다리고 있지. 그래서—."

"요컨대 엉뚱한 데에 화풀이하는 거잖아, 이 빌어먹을 검정 망토야!!"

남자의 말을 가로막고 바쿠고가 소리쳤다.

"캇짱?!"

"다 귀찮아, 지금 당장 쓰러뜨려주겠어…!"

그렇게 대담한 미소를 지으며 손바닥에서 폭발을 일으키는 바쿠고. 그 기세를 몰아 감옥까지 밀고 가려는 것인지, 구멍 가장자리 앞으로 뛰어나가려 했다.

"어이쿠, 인질이 있다는 사실을 잊지 말라고."

"꺄아악!"

남자가 가장 가까이에 있던 바쿠고의 모친을 확 끌어당겼다.

그 모습에 바쿠고가 "쳇" 하고 혀를 차며 주춤했다. 바쿠고의 얼굴에 약간의 초조감이 담겨있는 것을 이즈쿠는 알 수 있었다.

"왜 멋대로 붙잡히고 난리야, 이 빌어먹을 아줌마야!!"

바쿠고의 그 말을 듣고, 남자에게 붙잡혀 벌벌 떨고 있던 바쿠고네 엄마의 표정이 확 돌변했다.

"빌어먹을 아줌마라 하지 말라고 누누이 말했지?!"

그 자리의 분위기와 어울리지 않는 노성에, 순간적으로 모두가 어안이 벙벙해져서 바쿠고네 엄마를 바라보았다.

"…굉장해—, 역시 바쿠고네 엄마."

"이상한 감탄하지 마, 이 등신같은 머리털아!!"

아연실색해 중얼거리는 키리시마에게 바쿠고가 성질을 냈다.

"바쿠고 씨, 우린 지금 인질이니까…."

"아, 맞다! 그렇죠!"

철창 안에선 이즈쿠의 엄마가 바쿠고의 엄마에게 난감한 듯 말을 걸고 있었다.

"…얌전히 굴어라."

그렇게 말하며 남자는 바쿠고의 엄마를 확 밀쳐냈다.

"무척이나 담대한 어머니시구나."

"응. 여전하시네, 아줌마…."

놀란 이이다의 말에 이즈쿠는 긴장한 와중에도 쓴웃음을 지으며 대답했다.

골목대장이었던 바쿠고를 키운 엄마다. 아들이 시키는 대로 다 해주는 다소곳한 엄마라면 결코 감당할 수 없다. 장난치다가 들킨 바쿠고와 함께 연좌제로 이즈쿠도 야단맞은 적이 있다.

'―그래도 덕분에 좀 침착해졌어.'

이즈쿠는 나지막이 한숨을 내쉬었다.

'내가…, 우리가 지금 해야 될 일은 인질 구출이다. 그러니까 우선은―.'

"…그래서, 당신의 목적은 무엇인가요?"

범인의 요구를 알아내지 않으면 안 된다. 이즈쿠는 남자를 빤히 쳐다보면서, 최대한 차분한 목소리를 내려고 의식하며 말했다. 남자도 이즈쿠를 물끄러미 쳐다보았다.

"…목적은 한 가지. 찬란하게 빛나는 너희의 밝은 미래를 부셔버리는 거다. 그러기 위해 소중한 가족을 너희 눈앞에서 죽여주려고."

"…단지 그것 때문에?"

'개성'인 굵은 "꼬리"를 분노로 파르르 떨면서, 오지로 마시라오가 분개하는 옆에서 키리시마가 고함을 질렀다.

"우리가 미우면 우리한테 덤벼! 가족들 끌어들이지 말고!"

그러나 그렇게 말하는 키리시마 일행을 비웃듯이 남자가 말했다.

"내가 부수고 싶은 건 너희의 몸뚱이가 아니야. 자신이 다치는 것보다 자신 때문에 소중한 누군가가 다치는 게 너희에겐 더 아플 테니까. 히어로 지망생인 너희라면 말이야."

"…당신도 히어로 지망생이었다면, 이런 멍청한 짓거린 지금 당장 중단하세요!"

더 이상 참지 못하고 소리친 야오요로즈를 뒤따르듯 아시도가 분개했다.

"그래! 이런 짓 해봤자 금세 잡힐 거야!"

"도망칠 생각은 없어. 내겐 잃을 게 아무것도 없거든. 그래서 너희가 괴로워하는 얼굴을 마지막으로 봐두려고. ―자, 누구부터 시작할까…?"

인질을 향해 손을 내미는 남자. 겁에 질려 구석에 바짝 붙는 부모들.

"안 돼!!"

"큭…."

오차코가 필사적으로 소리쳤다. 그런 오차코의 태도에 휩쓸려갈 것 같았지만, 이즈쿠는 필사적으로 머리를 회전시켰다.

'부모님들을 저기서 꺼내려면 안에 같이 있는 범인을 어떻게든 처리하지 않으면 안 된다. 하지만 범인을 어떻게 해버리기 전에 틀림없이 인질을 방패로 삼겠지….'

"…그렇다고 해서 범인에게 들키지 않고 부모님들을 탈출시키는 것도 무리일 것 같아…. 감옥 주위에 사각지대가 될 만한 물체도 없으니…. 게다가 여기서 감옥까지는 거리가 수십 미터나 된다. 감옥에 도달하기 전에 이미 들킬 거야…. ~~큭, 안 되겠어. 생각이 안 나."

"미도리야, 목소리 좀 낮춰. 들키겠다."

어느새 또 다시 구시렁구시렁 중얼거리기 시작한 이즈쿠를 가리듯이 토도로키가 앞에 서서 말을 걸어왔다.

"앗, 미안. 나도 모르게…."

"미도리야, 뭔가 좋은 아이디어라도 떠올랐어?"

이이다도 이즈쿠 앞에 서서 작은 목소리로 물어왔다.

"아니, 아직…."

"그래…? 애들아, 범인의 관심 좀 다른 데로 돌려주지 않을래? 들키지 않게."

"알았어, 우리한테 맡겨."

"최대한 빨리 생각해내."

이이다의 말에 키리시마와 카미나리가 응하며 앞으로 나갔다. 그 뒤를 몇 명의 학생들이 따라 나섰다.

저마다 범인에게 말을 걸며 주목을 끌려고 했다.

"아아, 정말. 다들 기본이 안 되어있구나. 범인의 주목만 끌면 되는 거야? 그건 내 장기 분야지☆"

아오야마 유가가 찡긋하고 느끼하게 윙크를 날리더니 춤추듯이 모두의 앞으로 튀어나갔다.

"이보세요, 그렇게 아름답지 못한 범죄는 좋지 않아요☆ 차라리 나의 아름다운 얼굴을 보고 있으면, 범죄를 일으켜야겠다는 마음이 안 들 거야. 이봐, 너도 그렇게 생각하지? 코다!"

"어, 저기, 그게…. 으응."

아오야마가 던진 말에 코다 코지가 바위처럼 커다란 몸을 작게 웅크렸다.

"왜 하필 과묵한 코다에게 그런 거야?!"라며 작은 목소리로 이이다가 항의했다. 어떤 의미에선 주목을 끌어 모으는 데에 성공한 아오야마. 덩치 큰 사토 리키도가 "코다가 곤란해 하잖아!"라며 도움을 줬다.

"다들, 왜…."

그런 친구들의 모습을 보고, 자신도 모르게 입을 뚫고 나온 이즈쿠의 중얼거림에 토도로키가 대답했다.

"지금 우리가 속수무책인 건 다들 알고 있어. 네 기습에 사활을 걸어보는 수밖에 없는 거지."
"기습이라니?"
"그런 게 네 장기잖아. 구제할 길 없는 무언가를 박살 내버리는 것."
"…크."
그 말에 이즈쿠는 눈물샘이 헐거워질 뻔한 것을 어금니를 악물며 꾹 참았다.
이들은 소중한 가족을 자신에게 맡겼다. 그렇다면 울고 있을 시간 따위는 없다. 생각하자, 죽을힘을 다해서.
'기습…. 그래, 정면 돌파는 무리다. 범인의 허를 찌르면…, 아주 잠깐 동작을 막기만 하면 돼. 그 잠깐의 시간만 있으면 이이다나 캇짱은 이동할 수 있을 테니까. …아주 잠깐이면 돼, 범인의 동작을 막으려면—.'
그리고 이즈쿠는 생각해냈다.
'—그래, 범인에게 들키지만 않으면 된다. 그게 가능한 건….'
이즈쿠는 하가쿠레와 야오요로즈, 오챠코를 불러 모았다.
"전기 충격기?"
"응. 가급적 눈에 띄지 않게, 작고 위력적인 걸 만들어줬으면 해."
"…그게 최선이겠네요. 알았어요."

고개를 끄덕이는 야오요로즈. 잠시 후 손바닥에서 포켓 사이즈의 전기 충격기를 만들어내 그것을 오챠코에게 건네주었다. 고개를 끄덕이며 그것을 수령한 오챠코.

"도장은 눈에 띄지 않게 흙색으로 해봤어요."

"난 이것과 하가쿠레를 공중에 띄우면 되는 거지?"

"응, 이 일이 가능한 사람은 하가쿠레밖에 없으니까."

"잠깐만 기다려! 지금 다 벗을 테니까."

그렇게 말하며 하가쿠레가 교복을 벗기 시작했다. 그러나 투명한 하가쿠레가 훌렁훌렁 벗어봤자, 그저 옷가지가 하나둘씩 없어지는 것뿐이다. 그래도 황급히 뒤로 돌던 이즈쿠가 "우앗?!" 하고 소스라치게 놀랐다.

"꺄오—…. 여고생의 라이브 스트립쇼…!! 육체는 뇌내 보충!!"

주의를 잡아끌고 있어야 되는 미네타가 어느새 애들을 밀치며 다가와 있었다. 그런 미네타를 향해 츠유의 혀가 쭉 뻗어나갔다.

"이런 비상사태에도 꿋꿋하구나, 미네타."

"뿌헉!"

이즈쿠가 땅바닥에 패대기쳐지는 미네타의 모습을 미묘한 표정으로 바라보던 때, 누군가 이즈쿠의 어깨를 톡하고 두드렸다. 돌아보았으나 아무도 없는 것처럼 보였다. 그러나 하가쿠레가 있다.
“준비 완료.”
“조심해, 하가쿠레…!”
“나만 믿어!”
그렇게 말하는 하가쿠레를 오챠코가 터치했다. 그러자 둥실둥실 떠오른 소형 전기 충격기가 철창을 향해 날아갔다.
주의를 잡아끌고 있던 학생들이 그것을 발견하더니, 한층 더 큰 소리를 내기 시작했다.
‘제발 부탁이야…. 부디 성공해다오…!!’
이즈쿠도 소리를 내면서 기도하듯이 그 행방을 지켜보았다.
학생들의 아우성에 신물이 난 듯한 검정 망토 남자의 배후에 전기 충격기가 도달했다. 하가쿠레는 낮은 자세를 유지하며 이동하고 있는 것인지, 전기 충격기는 땅바닥에 아슬아슬하게 붙다시피 둥실둥실 이동하고 있었다.
“그러니까 입 좀 다물라고 몇 번을 말해야 알아들어…?”
남자가 신경질적으로 철창 안을 돌아다녔다.
‘좀만 더, 좀만 더…!’
그것을 뒤쫓듯이 창살 바로 밖에서 전기 충격기가 대기하고 있었다. 타이밍을 재고 있는 것이다.

"제일 시끄러운 학생의 부모를 처치하면 좀 얌전해지려나…?"

남자가 부모를 지목하려고 발을 멈추었다.

'지금이야, 하가쿠레…!'

전기 충격기가 쇠창살 사이를 뚫고 남자의 발밑으로 다가갔다. 파직파직, 하고 전기 충격기가 푸르스름한 빛을 내뿜은 그 순간, 남자의 발이 그것을 뻥 걷어찼다. 구멍으로 떨어지는 전기 충격기.

"앗…!"

"아무래도 눈에 보이지 않는 날파리가 숨어들어와 있었나 보군…!"

남자가 분노로 어깨를 파르르 떨더니, 난폭하게 문을 열고 쇠창살 밖으로 나왔다. 그리고 망토 속에서 라이터를 꺼냈다.

"한 명, 한 명, 천천히 괴롭혀주고 싶었는데 다 관두지. 죄다 사이좋게 지옥으로 가자."

"안 돼…!"

이즈쿠의 절규를 기다리지도 않고, 남자는 라이터를 구멍에 던져 넣었다. 그 즉시, 구멍에서 힘차게 화염이 치솟았다.

"큭…!"

열풍에 흡, 하고 숨을 삼켰다. 느껴지는 열기에 뺨이 얼얼하게 아려왔다. 일렁이는 화염 끝에 보이는 것은 절망 속에서 필사적으로 견디려 하고 있는 가족들의 얼굴.

“이즈쿠!!”

“엄마!!”

도움을 요청하듯 손을 뻗는 엄마에게 이즈쿠는 자신도 모르게 손을 뻗었다.

화염은 바람에 휩쓸려 기세를 더해갔다. 치솟은 화염에 엄마의 모습이 사라졌다.

“다 나 때문이야….”

작전은 실패하고 말았다.

‘다들 날 믿고 맡겨줬는데…!’

이때, 절망으로 무너져 내리려던 이즈쿠를 뒤에서 확 밀치듯이 발길질이 날아왔다.

“우앗…?”

“너 바보 아냐?”

균형을 잃으면서도 간신히 뒤돌아본 이즈쿠. 바쿠고가 여느 때처럼 험악한 표정을 하고 서있었다. 그리고 범인을 빤히 쳐다보며 흉악하게 웃었다.

“지금이 절호의 찬스잖아!”

“캇짱?!”

바쿠고는 오챠코에게 말했다.

"야, 동글이! 날 공중에 띄워줘!"

"으, 으응…!"

오챠코가 바쿠고를 터치했다. 그 즉시, 손바닥에서 연속 폭발을 일으키며 범인을 향해 날아갔다. 이즈쿠는 헉하고 숨을 삼켰다. 범인은 철창 밖에 나와 있었던 것이다.

"…크."

토도로키가 범인을 향해 빙결을 쏘았다. 바람 같은 속도로 내달리는 얼음에 추월당하자 바쿠고가 혀를 찼다.

"반땡이 자식…!"

얼음은 범인의 발밑을 빙결시켰다.

"크…!"

"이 시커먼 새끼야!!"

움직일 수 없는 남자 위에 기마처럼 올라타서, 손바닥 위에 폭발을 일으켜 위협한다.

"우리도 가자!"

이이다의 촉구에 벌떡 일어선 이즈쿠를 오챠코가 터치했다.

"고마워!"

"우리 아빠 좀 부탁해…!"

필사적인 오챠코의 모습에 이즈쿠는 고개를 끄덕였다. 안심시킬 정도의 미소가 과연 지어졌는지 어떤지는 모르겠지만.

'온몸에 힘이 쫙 퍼지는 이미지―.'

이즈쿠는 올마이트로부터 양도받은 원 포 올의 힘을 온몸에 퍼트렸다. 피가, 근육이, 세포가 강대한 힘에 떨리는 것을 느끼며 이즈쿠는 이이다와 함께 감옥을 향해 날아갔다. 범인을 빙결시키면서 토도로키와 토코야미도 그 뒤를 따랐다.

구멍 밑바닥에서 올라온 화염에 그을리며 도착한 이즈쿠에게 엄마가 달려왔다.

"이즈쿠!"

"엄마, 괜찮아?!"

황급히 고개를 끄덕이는 엄마에게 고개를 마주 끄덕여주고, 곧바로 바쿠고 쪽으로 달려갔다.

"캇짱!"

바쿠고는 손바닥에서 폭발을 일으키며 범인을 땅바닥에 짓누르고 있었다.

"이런 잔챙이, 나 혼자서도 충분해. 빌어먹을."

"카츠키, 너 또 빌어먹을이란 소릴 하고!"

"시끄러, 빌어먹을 아줌마야!"

철장 밖으로 나온 바쿠고의 엄마가 감동의 대면도 망각하고 달려들었다. 이즈쿠가 그 광경에 쓴웃음을 짓는 순간, 바쿠고

밑에 깔린 범인이 망토 속에서 팔을 꺼냈다. 그 손에는 무언가 작은 물체가 쥐어져 있었다.

"그건—."

이즈쿠가 헉하고 놀라 그 팔을 향해 손을 뻗기도 전에, 남자의 엄지가 먼저 그 손에 쥐어져있는 것을 딸칵하고 눌렀다.

그 직후, 이즈쿠 일행 밑에서 폭발이 일어났다. 그리고 감옥이 놓여있는 사과 심지 같은 지면이 흔들렸다.

"엇…?!"

"너 이 자식, 무슨 짓을 한 거야?"

바쿠고가 범인에게 따지고 달려들었다.

"말했잖아? 다 같이 사이좋게 지옥행이라고."

남자 그렇게 말하며 펼친 손 안에 담겨있는 것은 무언가의 스위치였다.

"폭탄을 설치해뒀던 거야…? 크, 우앗…!"

그렇게 말한 이이다가 흔들리는 지면에서 밸런스를 잃었다.

"어이! 이 밑이 무너질 것 같아! 어서 대피해!!"

구멍 저편에서 오지로가 소리쳤다. 그 주위에선 야오요로즈가 만들어낸 소화기로 오챠코 일행이 불을 끄려 하고 있었다. 그러나 언 발에 오줌 누기였다.

"틀렸어! 이래 갖고선 제때 못 구해…."

"맹렬한 화염을 끄는 것보다 좀 더 합리적인…. 오, 그래요…!"

야오요로즈가 무언가 떠오른 것처럼 헉하고 숨을 삼켰다.

"꺄아악!"

크게 기울어진 지면에, 보호자인 엄마들에게서 비명이 터져 나왔다. 화염에 곧 무너져 내릴 듯이 남아있던 감옥 탑이 순간적으로 손을 쭉 뻗은 것처럼, 토도로키가 구멍 반대편을 향해 얼음을 신장시켰다. 얼음으로 간신히 붙들어 매어둔 탑. 그러나 얼음 다리는 땡볕 아래의 소프트 아이스크림처럼 그 즉시 녹아내리기 시작했다.

"자, 어머님들부터 먼저! 절 잡으세요!"

"하, 하지만, 앗…."

그 사이에도 사과 심지 같은 지면은 더욱 휘청거렸다. 화염은 열기를 더해가고 곧 탑을 통째로 집어삼킬 것만 같았다. 보호자들이 불안한 듯 서로 몸을 기댔다. 이즈쿠의 엄마가 눈물을 꾹 참으며 이즈쿠를 바라보았다.

"이즈쿠…."

"큭…."

'—소중한 사람도 지키지 못하면서 무슨 놈의 히어로야…!!'

엄마의 얼굴을 쳐다보며 이즈쿠는 떨리는 입술로 방긋 웃었다.
"—괜찮아, 꼭 구해줄게."
"이즈쿠…."
이즈쿠는 필사적으로 머리를 회전시켰다.
'한 사람, 한 사람씩 구하다간 늦어…. 전원을 한꺼번에 옮기려면….'
그때, 이즈쿠의 귀에 토도로키의 목소리가 날아들었다.
"제기랄…, 빨리 좀 해…!"
토도로키가 빙결을 계속 이어가고 있었다. 계속 얼리자 얼음다리는 점점 두꺼워졌다. 그러나 다람쥐 쳇바퀴 돌듯이 얼리기가 무섭게 바로 녹아내렸다.
"얼음 다리…, 미끄럽다…, 미끄럽다고…? 그렇지…!"
헉하고 숨을 삼키며 이즈쿠는 소리쳤다.
"미끄럼틀…!!"
"왜 그래? 미도리야! 이런 때에!"
"미끄럼틀이야, 이이다! 그 왜, 얼마 전 구조 수업 때…!"
"구조 튜브 말이지?"
토도로키가 정정해주었다.
"아하! 한마디로 이 얼음 다리를 타고 대피하자, 이거지?!"
"이제 시간이 없어. 야오요로즈에게 뭔가 커다란 시트를 만들어 달라고 해서—."
"이미 거의 다 됐어요…!"
구멍 저편, 재킷을 벗은 야오요로즈의 등에서 셔츠를 뚫고 커다란 천 같은 물체가 튀어나왔다.
"방화 시트예요. 아까부터 만들고 있었어요. 우라라카, 세로, 부탁해요!"
"응."
"간다. 하나, 둘, 셋…!"
시트를 받아든 오챠코가 터치한 물건을 세로에게 넘겨주었다. 세로의 '개성'은 "테이프". 팔꿈치에서 셀로판테이프 같은 물체를 발사할 수 있다. 테이프 끝에 시트를 붙여서 탑을 향해 발사하는 세로.
"받아, 다크 섀도!"
"알았어!"
잘라낸 테이프를 붙인 채 날아온 시트를 다크 섀도가 받아, 이즈쿠에게 넘겨주었다.
"고마워! 역시 야오요로즈…!"
그렇게 말하면서 시트를 펼쳤다.
"여러분! 이 위에 올라타세요!"
휘청휘청 발밑이 불안해지는 진동 속에서 보호자들이 방화 시트 위로 올라갔다.
"하가쿠레, 탔어?!"
"탔어!"
"이이다가 '엔진'으로 잡아당기고 우리가 뒤에서 미는 게 좋겠어. 토도로키는 막판까지 계속 빙결을 유지해줘."
"알았어."
빙결을 이어가며 토도로키도 고개를 끄덕였다.
"범인은 어떻게 하지?"
토코야미가 말했다. 바쿠고가 범인을 잡아 일으켜 세웠다. 범인은 이미 반항할 마음을 잃은 것인지 얌전하게 굴었다.
"그냥 버리고 갈 순 없잖아—."
"허튼 짓 하면 내가 폭파시킨다."
그때 또 다시 지면이 크게 기울었다.
"가자! 미도리야!"
이이다가 선두에 선 후, 두 손을 뒤로 돌려 시트 양쪽 끝을 잡으며 이즈쿠를 돌아보았다.
"—응…!!"
"처음부터 풀 파워 전개다…. 토크 오버…, 리시프로 버스트…!!"
뛰기 시작하는 이이다의 장딴지에 달린 엔진에서, 폭음과 함께 검은 연기가 분출되었다. 토크와 회전수를 높여, 한 번 사용하고 나면 자칫 시동이 꺼질 듯한 폭발력을 낳는 이이다의 비기다.

“큭…!”

그 순간, 확 잡아당겨진 속도에 처지지 않도록 뒤에서 미는 이즈쿠와 토코야미, 바쿠고. 뒤쪽의 시트 양쪽 끝은 다크 섀도가 들고 있다. 토도로키는 출발 직전에 시트 위로 굴러 들어왔다.

이이다의 질풍같이 재빠른 발은 눈 깜짝할 사이에 얼음 다리 위를 미끄러지듯 건너갔다. 마치 고삐가 풀린 폭주 기관차 같았다. 보호자들에게 비명을 지를 새도 주지 않으며, 이이다의 발이 구멍 반대편 지면을 밟았다.

“됐…, 엇?”

기도하는 마음으로 기다리고 있던 오챠코 일행이 기쁨의 탄성을 지르려던 그 순간, 굉음을 내며 탑이 화염 속으로 무너져 내렸다. 그 충격은 얼음 다리에도 전달되어, 시트가 다 통과할 때까지 미처 기다리지 못하고 그 밑에서 부러져 화염에 삼켜졌다. 졸지에 발판을 잃은 이즈쿠 일행은 그 즉시 잡고 있던 시트 끝에 매달리는 수밖에 없었다.

“우와앗…?!”

"크…, 앗."

그 바람에 이즈쿠의 주머니에서 편지가 떨어졌다. 깃털처럼 팔랑팔랑 위로 올라가더니 편지는 곧 불에 타 사라졌다.

"크!!"

시트와 함께 떨어지게 생긴 것을 이이다가 감지하고, 힘껏 버티며 잡아당겼다. 황급히 오챠코 일행도 그 뒤를 따랐다.

"하나, 둘, 셋…!!"

치솟아 오른 화염에 휩쓸릴 뻔한 순간, 극적으로 끌어 올려졌다. 그런데 그 반동으로 땀 때문에 손이 미끄러진 것인지, 시트 끝에 붙어있던 이즈쿠 엄마의 몸이 튕겨나가듯이 허공에 붕 떴다.

"꺄악…?!"

"엄마…!"

내동댕이쳐질 뻔한 그 순간, 어느새 엄마의 뒤편에 와있던 범인이 그녀를 덥석 붙잡아 제자리로 돌려놓았다.

"크…?!"

눈 깜짝할 사이에 일어난 이 사태를 본 것은 이즈쿠와 엄마뿐이었다.

그 한순간이 지난 후, 전원을 태운 시트는 무사히 이쪽 땅바닥에 안착했다.

“살았다….”
라고 중얼거리는 이즈쿠에게 엄마가 달려왔다.
“괜찮니?! 이즈쿠….”
“엄마야말로….”
커다란 눈물방울을 뚝뚝 흘리면서, 자신의 몸을 연신 어루만지는 엄마에게 이즈쿠는 얼굴을 찡그렸다.
‘또 걱정 끼쳤구나….’
그러나 다음 순간, 헉하고 놀라 범인의 모습을 찾았다.
“범인은…!”
범인은 조금 떨어진 곳에 서있었다.
“축하한다. 이로써 수업은 끝이다.”
“뭐? 무슨 소릴….”
“붙잡아둬, 우선은 학교에 알려야지…!”
“그리고 아이자와 선생님을—.”
모두의 안면이 창백해진 가운데, 귀에 익은 무기력한 목소리가 들려왔다.
“자, 선생님은 여기에 있습니다.”
붕괴된 빌딩 뒤에서 나온 것은 평소와 같은 아이자와 선생님이었다.
“…어?”

그 모습에 눈이 휘둥그레진 학생들. 이해할 수 없는 사태에 학생들이 저마다 곤혹스러워하고 있는 가운데, 아무 일도 없었던 것처럼 다가온 아이자와는 보호자들을 향해 말했다.

"여러분, 수고 많으셨습니다. 제법 박진감 넘치더군요."

"하이고~, 민망해라! 이기 다 쌤의 연기 지도 덕분 아잉교!"

호쾌하게 웃는 오챠코의 아버지와 책무에서 해방된 듯 휴우, 하고 한숨을 내쉬는 야오요로즈의 어머니.

"긴장했지 뭐예요."

그 근처에서 츠유의 아버지가 바쿠고의 어머니에게 말을 걸었다.

"바쿠고 씨가 성낼 때는, 이거 잘못되면 어쩌나하고 걱정했어요, 개굴."

"죄송해요~, 저도 모르게 그만…."

조금 전만 해도 분명 공포에 벌벌 떨고 있던 보호자들이 갑자기 화기애애하게 대화를 나누기 시작했다.

여전히 멍한 학생들의 얼굴을 보며 아이자와가 말했다.

"아직도 모르겠니? 알기 쉽게 설명하자면, 이른바 서프라이즈라는 거다."
학생들의 "네엣—?!"이라는 절규가 모의 시가지에 울려 퍼졌다.
"버, 범인도…?!"
"어어—…. 이분은 극단에서 나온 분이셔. 와달라고 부탁했지."
"뭐…? 아, 네에. 놀라게 해서 죄송합니다."
검정 마스크에 망토 차림으로 앙증맞게 고개를 갸웃거리는 범인을 보곤, "정말이야~?"라면서 카미나리의 맥이 탁 풀렸다. 그 옆에서 바쿠고가 쳇, 하고 혀를 찼다.
"어쩐지 손맛이 없더라니. 빌어먹을 병풍 캐릭터였어."
"잠깐만요! 아무리 그래도 이건 도가 지나친 것 아닌가요…?! 자칫 잘못하면 부상 정도론 끝나지 않았을 거예요!"
야오요로즈가 머뭇거리면서도 항의하자, 아이자와는 담담하게 대답했다.
"만약의 사태에는 미리 대비해뒀지. 결코 도가 지나친 건 아니야. 프로 히어로들은 항상 위험과 등을 맞대고 있으니까. 미적지근한 수업이 무슨 보탬이 되겠니?"
"그거야…, 그렇지만…."
아이자와는 야오요로즈를 물끄러미 쳐다보며 천천히 입을 열었다.

"…무서웠니? 가족들에게 무슨 일이 생길까 봐."

"—네, 너무나."

야오요로즈는 진지하게 대답했다.

"가까이 있는 가족의 소중함은 말로 설명해봤자 알 길이 없다. 잃어버리게 돼서야 비로소 깨달을 수 있지. 이번에는 그걸 실감해주길 바랐다."

아이자와는 학생들을 빙 둘러보았다.

"잘 들어라. 사람을 구하는 데에는 힘, 기술, 지식, 그리고 판단력이 필수 불가결하다. 그러나 판단력은 감정에 좌우되는 법이지. 너희가 장차 히어로가 되었다고 가정했을 때, 자신의 소중한 가족이 위험한 지경에 처해있더라도 공연히 이성을 잃지 않고 구할 수 있을 것인가. 그것을 배워보는 수업이었다. 수업참관을 빙자한. 알겠니? 야오요로즈."

"…네에."

고개를 끄덕이는 야오요로즈. 그러나 이즈쿠도 내심 고개를 끄덕이고 있었다. 아이자와가 "그리고 한 가지 더"라면서 계속 말했다.

"냉철하기만 해선 히어로 노릇을 할 수 없다. 구하고자 하는 누군가는 단순한 생명이 아니야. 소중한 가족이 기다리고 있는 누군가지. 그것도 마음에 깊이 새겨둬라."

아이자와의 말을 가만히 듣고 있던 학생들은 "—네" 하고 진지하게 고개를 끄덕였다.

"그래서 결과적으로 모두 구해내긴 했지만, 좀 더 다른 방법도 있었잖아?"

"네?"

"범인은 혼자였다. 그런데 너무 떼로 덤벼들었어. 시간 낭비가 많아. 게다가 전기 충격기? 좀 더 합리적인 물건도 있잖아. 그리고 범인의 주의를 잡아끄는 데, 대화만 계속 하는 건 재주가 너무 빈약하지. 그 외에도 여러 가지 하고 싶은 말은 많지만…. 뭐, 아슬아슬하게 합격점이다."

"큭."

아이자와로부터 합격점이라는 말이 일단 나오자, 빰이 스르르 풀어지는 학생들.

"오늘의 반성할 점을 정리해 내일 제출해라."

지칠 대로 지친 학생들이 불만의 목소리를 내는 가운데, 이이다가 손을 번쩍 들었다.

"저, 저기, 감사 편지 낭독은…! 서프라이즈를 위장하기 위한 합리적인 허위였나요?!"

"새삼스레 편지를 써보면서, 평소보다 가족 생각을 많이 하지 않았니?"

"그렇군요…!"

물고 늘어지던 이이다가 아이자와의 말에 너무도 간단하게 깊이 납득한 순간, 수업 종료 벨이 울렸다.

"그럼 오늘은 이대로 해산. 보호자 여러분, 협력해 주셔서 감사합니다."

아이자와의 목례에 보호자들도 목례로 답하고, 각 학생들은 보호자들 곁으로 향했다.

"텐야, 마지막 활약 대단하더라."

"오늘 엄마가 짜준 100% 오렌지 주스를 먹었기 때문일지도 몰라요."

자랑스러워하는 이이다 근처에서 오챠코의 아버지가 딸의 등을 어루만지고 있었다.

"니 괜찮나? 오챠코."

"마음이 놓이니 이제 와서…, 우웨엑."

"애 많이 썼데이!"

"…응!"

그 근처에선 바쿠고 모자가 말다툼을 벌이고 있었다.

"넌 어쩜 그렇게 입이 험하니!"

"아줌마 닮아서!"

"난 너 때문에 덩달아 그런 거야!"

조금 떨어진 다른 곳에선 누나 후유미와 토도로키가 이야기를 나누고 있었다.

"수업참관, 내가 오길 잘한 건지도…. 엄마한테 인질 역 따윌 맡겼다간 쓰러지셨을걸?"

"그러게."

"토도로키 씨."

그때 아이자와가 찾아왔다. 목례를 하자 후유미도 그것에 답했다.

"유에이에선 히어로 기초학 수업을 거의 기록으로 남겨둡니다. 이번 것도 마찬가지죠. 그러니 원하신다면 기록 영상을 며칠 후에 건네 드릴 수도 있는데."

"어? 그래도 되나요?!"

"네, 가족들끼리 감상하는 건 괜찮습니다."

그렇게 말하고서 아이자와는 자리를 떴다.

"감사합니다."

라며 후유미는 그의 뒷모습에 대고 고개를 숙였다.

"비디오, 엄마한테 보여주려는 걸 눈치 채셨나 보네. 나중에 쇼토 너도 꼭 감사하다고 말씀드려. 알았지?"

"…알아."

"엄마, 틀림없이 기뻐하실 거야."

"…으응."

토도로키의 뺨이 살짝 풀어졌다. 그 근처에선 이즈쿠의 모친이 이즈쿠에게 사과하고 있었다.

"말 안 해서 미안해! 이것도 수업의 일환이라고 아이자와 선생님이 그러셔서…. 내가 협력할 수 있는 일이 있다면 최선을 다해야 될 것 같아서 그랬어."

미안한 듯 사죄하는 엄마에게 이즈쿠는 쓴웃음을 지으며 "이제 됐어"라고 고개를 흔들었다. 그리고 감색 정장을 흘낏 쳐다보았다. 흙먼지 등으로 군데군데 얼룩이 져있었다.

'그래서 얼룩이 눈에 띄지 않을 거라고 말했었구나? 나도 아직 멀었네.'

한심함을 느끼며 한숨을 토하는 이즈쿠에게 엄마가 "그래도…"라며 계속 말했다.

"…'괜찮아, 꼭 구해줄게'라고 말했을 때의 우리 아들, 정말로 히어로 같았어…!"

그렇게 말하며 촉촉한 눈망울로 미소 짓는 엄마.

그 미소에 이즈쿠는 가슴이 뜨거워졌다.

'조금은 안심시켜드린 걸까…?'

쑥스럽기도 하고, 기쁘기도 하고, 자랑스럽기도 한 훈훈한 기분에 절로 웃음이 쏟아졌다. 그리고 불에 탄 편지가 생각났다.

'굳이 편지가 아니어도 조금이나마 전달해야지.'

"…저기 있잖아, 항상 걱정 끼쳐서 미안해. 그래도 난 열심히 노력하고 싶어. 훨씬…, 훨씬 더 많이. 그러니까…."

"그래, 엄마가 늘 지켜보고 있을게."

엄마의 눈이 더욱 촉촉해졌다. 일견 든든해 보이는 미소와 말의 이면에 걱정을 숨기면서. 그것을 깨닫고 이즈쿠도 눈물을 꾹 참으며 말했다.

"고마워."

"오늘은 돈가스 덮밥 먹을까?"

"응!"

버스 정류장으로 우르르 향하는 사람들을 따라 이즈쿠 일행도 걷기 시작했을 때, 조금 멀찌감치 서있던 범인 역의 검정 마스크 망토맨을 엄마가 발견했다.

"아참참, 저분한테 고맙다고 인사해야지…!"

그렇게 말하며 엄마가 검정 마스크 망토 남자에게 다가가 "아까는 감사했습니다!"라며 고개를 조아렸다. 이즈쿠도 황급히 그 뒤를 따랐다.

"아닙니다, 당연한 일을 한 것뿐인걸요! 무사해서 천만다행이

SMASH
MY HERO ACADEMIA
나의 히어로 아카데미아

에요!"

그렇게 말하는 검정 마스크 망토맨을 이즈쿠는 빤히 올려다 보았다.

"…왜? 내 얼굴에 뭔가 묻어있니? 뭐, 마스크를 뒤집어쓰고 있지만!!"

"…엄마, 먼저 버스 정류장으로 가있을래? 곧 따라갈 테니까!"

"? 그래, 알았어."

엄마가 떠난 후, 이즈쿠는 검정 마스크 망토맨을 빤히 올려다 보면서 입을 열었다.

"…저어, 혹시… 올마이트?"

"…용케도 알아봤구나, 미도리야 소년."

그렇게 말하면서 주위에 사람이 없는 것을 확인한 뒤, 검정 마스크를 벗은 남자는 트루 폼의 올마이트였다. 이즈쿠는 "역시나!"라면서 눈을 반짝였다.

"선생들 중에선, 이 모습을 한 내가 너희 학생들에게 가장 안 들킬 것 같아서. 아이자와에게 빌런 같은 연기도 엄격하게 지도받고, 영상을 보며 이것저것 연구해 봤단다. 끝까지 안 들킬 줄 알았는데."

"전혀 못 알아봤어요! 그런데 마지막에 엄마를 구해줬을 때,

이 사람 혹시 히어로가 아닐까 생각했거든요. 일말의 망설임도 없고, 왠지 익숙한 느낌이라…. 그래서, 그렇게 생각하고 봤더니 올마이트랑 비슷한 신장 같아서….”

“하핫, 팔자지. 생각보다 손이 먼저 나가버렸지 뭐야.”

“다시 한번…, 엄마를 구해주셔서 진심으로 감사드려요.”

깊이 고개를 조아리는 이즈쿠. 그러나 그 고개는 차마 들 수가 없었다.

“왜 그러니? 미도리야 소년.”

고개를 숙인 채, 이즈쿠는 한심한 듯 분을 삭이지 못하고 말했다.

“역시 아직 멀었어, 아직 한참 멀었어, 라는 생각이…. 거기서 올마이트가 엄마를 구해주지 않았다면 지금쯤….”

엄마가 다치기라도 했다면. 그렇게 생각하니 자신의 한심함이 뼈에 사무쳤다.

그런 이즈쿠에게 올마이트의 목소리가 쏟아졌다.

“…난 성질이 급해서 영 못 쓰겠어. 굳이 내가 구하지 않더라도 네가 구했을 텐데.”

“하지만….”

“겸허함도 도가 지나치면 짜증난다!”

“네엣? 올마이트가 짜증내면 전…!”

눈물을 글썽이며 고개를 번쩍 치켜든 이즈쿠의 어깨를 탁탁 두드리면서 올마이트가 웃었다.

"하—핫! 잇츠 아메리칸 조크!"

"대체 어느 부분이 아메리칸이라는 거죠…?"

맥이 풀려 휘청하는 이즈쿠에게 올마이트는 씨익 웃으며 말했다.

"겸허한 것도 좋지만 칭찬은 솔직하게 받아들이렴. 농담이 아니라 오늘 소년은 정말 믿음직했어. 인질을 전원 구하고자 하는 기백, 턱없이 부족한 시간 속에서 작전을 짜는 냉철함, 그리고 동료들과의 협력…. 빌런으로서 네게 괴롭힘 당했을 정도야. 만만치 않은 히어로들이었다고."

"올마이트…!!"

동경하는 히어로가 던져준 찬사에 결국 이즈쿠의 눈물샘이 무너졌다. 올마이트는 양동이가 뒤집어진 양, 비처럼 쏟아지는 이즈쿠의 눈물에 젖으며 기막힌 듯 말했다.

"그러니까 이 울보병은 빨리 고치는 게 좋겠어!"

"죄송합니다~!!"

그러나 한번 고장 난 눈물샘은 좀처럼 원래대로 돌아올 것 같지 않았다. 꼴사나운 것 같아 멈추려 해도 당장은 눈물이 멈추지 않는다.

'비록 지금은 꼴사나워도, 언젠가는 웃으며 사람들을 구해줄 수 있는 히어로가…!'

이즈쿠는 엉엉 울면서도, 씨익 웃었다.

언젠가는 누군가를 구해낼 히어로처럼.

Part. 7

에필로그

유에이 고교의 교문 앞에 부리나케 달려온 그림자가 있었다.
근골이 우람하고 대담무쌍한 면상, 불꽃 수염을 기른 연소계 히어로 엔데버. 토도로키의 아버지다.
그러나 교문을 통과하려던 그 엔데버의 눈앞에서 두꺼운 게이트가 콰과광, 하고 닫혔다.
“엇…?!”
아무리 학생의 보호자라 해도, 유명한 히어로라 해도, 그리고 졸업생이라 해도, 엄중한 보안 시스템이 깔린 교문 게이트는 학생증이나 통행허가 ID가 없는 인물은 결코 통과시키지 않는다.
“열어! 이러다 수업참관이 끝나겠어!”
뻔히 알면서도 시간이 아까워 그 게이트를 난폭하게 두드리는 엔데버. 손에는 ‘수업참관 알림장’이라고 적힌 얇은 종이 한 장이 쥐어져 있었다.
엔데버가 책상 밑에 떨어져 있던 그 FAX를 발견한 것은 불과 조금 전.
수업참관은 모친 사건도 있어, 필요 이상으로 자신이 먼저 다가가지도 않고, 대화도 나누지 않는 아들의 성장 상태를 확인할 수 있는 귀중한 기회였다.

헉하고 무언가 떠올린 엔데버는 게이트를 두드리면서,

'그래, 그 녀석한테 연락하면….'

꼴 보기 싫은 눈엣가시, 유에이의 교사가 된 올마이트. 올마이트라면 게이트를 여는 것 정도는 일도 아닐 것이다.

그러나 엔데버의 얼굴이 불쾌한 듯 찡그려지기 시작했다.

'그 자식, 며칠 전에 이상한 음성 메시지를 남겼던데….'

그 즉시, 그 선택지를 소거한 엔데버. 밉상인 라이벌에게 어떻게 부탁 따위를 할 수 있겠는가?

그런데 그때, 마치 게이트를 계속 두드리는 엔데버의 기도가 통한 것처럼 게이트가 열렸다.

"어라? 누군가 했더니 엔데버잖아? 오랜만이다."

그곳에 서있는 것은 묘령의 히로인 리커버리 걸. 주사기 형태의 지팡이를 짚고 걸어 다니는, 동그랗게 올린 헤어스타일이 귀여운 할머니 간호 교사다.

"리커버리 걸, 오랜만입니다."

졸업생으로서 깍듯이 인사하는 엔데버에게 리커버리 걸이 물었다.

"그런데 오늘은 무슨 일로?"

“오늘은 수….”

헉하고 숨을 삼키는 엔데버.

넘버2 히어로인 자신이 일부러 시간까지 쪼개가며 아들의 수업을 참관하러 왔다고는 도저히 말할 수가 없었다. 말만 들으면 마치 자식을 끔찍이 사랑하는 팔불출 같지 않은가?

그것이 사실이든 아니든, 상승 지향욕이 강하고 자존심도 센 엔데버는 차마 그런 말을 할 수 없었다. 무릇 히어로란 항시 강하지 않으면 안 되는 법. 자식을 끔찍이 사랑하는 아버지의 이미지 따위는 불필요한 것이다.

과장된 몸짓으로 헛기침을 하고 입을 열었다.

“아…, 오늘은 그냥…. …우연히 지나가던 것뿐이에요. 오랜만에 모교의 상태라도 들여다보고 갈까하고….”

“오오, 그래?”

숨겼지만 수업참관이 신경 쓰였다. 서두르지 않으면 끝나버린다.

무슨 수를 내야 된다며 내심 초조해하는 엔데버의 속도 모르고, 리커버리 걸은 무언가 퍼뜩 생각난 듯 “그러고 보니”라고 말했다.

“네 아들, 히어로과였지?”

“…! 네, 리커버리 걸!!”

나루터의 배처럼 기막히게 던져준 리커버리 걸의 말에 엔데버는 덥석 달려들었다.

"오늘 수업참관일인데. 1학년 A반은 보호자를 인질로 잡은 서프라이즈 수업이라더라. 아무것도 모르는 학생들이 어떻게 인질을 구출하느냐를 관찰하는."

"호오, 그건 또 공을 많이 들였군요…."

엔데버는 아들의 활약을 몽상했다. 자신의 유전자를 물려받은 최강의 '개성'을 가진 내 '새끼'가 활약하지 않을 리가 없다. 그런 모습을 몽상하다가, 엔데버는 마음을 고쳐먹었다. 그 유전자의 성장 상태를 확인하는 것은 자신의 의무다. 결단코 자식을 끔찍이 사랑하는 팔불출이라서가 아니다.

"그럼 기왕 온 김에 보고 가야—."

"아, 그것도 진즉에 끝났어."

"네…?!"

깜짝 놀라 막대기처럼 굳어버린 엔데버.

"무척이나 성황이었던 것 같던데."

"좀 더 빨리 알았더라면…!!"

자신도 모르게 본심이 새어나온 엔데버에게 리커버리 걸이 씨익, 하고 웃었다.

"우연히 지나가던 길이라고 했지만, 실은 일부러 보러 온 것 아냐? 제발 솔직해지라고. 아까부터 훤히 다 보였어, '수업참관 알림장'이."

"앗!!"

엔데버는 황급히 FAX를 불태웠다. 증거 인멸이다.

"이 녀석아, 히어로가 사적인 용도로 '개성'을 쓰면 안 되지."

"글쎄요, 무슨 말씀이신지…. 리커버리 걸, 노안이 심해지신 것 아닌가요?"

어이없어하는 리커버리 걸에게, 엔데버는 얼굴을 약간 경직시키며 생각했다.

'젠장! FAX가 책상 밑에 떨어지지만 않았어도…!!'

어째서 FAX가 땅에 떨어져 있었을까? 그것은 그가 절대로 오길 원치 않는 아들의 일념이었을지도 모른다.

나의 히어로 아카데미아 유에이 백서 I

2017년 4월 15일 제1판 제1쇄 발행
2017년 7월 30일 제1판 제2쇄 발행

저자 | Kohei Horikoshi, Anri Yoshi
번역 | 오경화

발행인 | 이정식
편집인 | 최원영
편집팀장 | 김충영
편집담당 | 장혜경, 전송이
표지 디자인 | Design Plus
라이츠사업팀 | 이은선, 박선희, 아오키 마리나
출판영업팀 | 안영배, 한성봉
제작담당 | 박석주

발행처 | (주)서울문화사
등록일 | 1988년 2월 16일
등록번호 | 2-484
주소 | 서울특별시 용산구 새창로 221-19
전화 | (02)799-9317(편집), (02)791-0757(마케팅)
FAX | (02)799-9334(편집)

인쇄처 | 코리아 피앤피

ISBN 978-89-263-6144-3
ISBN 978-89-263-6143-6 (세트)